デッドマンズショウ

心霊科学捜査官

柴田勝家

講談社
タイガ

イラスト　巖本英利
デザイン　坂野公一（welle design）
土佐弁監修　大森望

目次

登場人物紹介

御陵《みささぎ》清太郎《せいたろう》　警視庁付属心霊科学捜査研究所（霊捜研《れいそうけん》）の心霊科学捜査官。陰陽師《おんみょうじ》。

音名井《おとない》高潔《たかきよ》　警視庁捜査零《れい》課の刑事。

曳月《ひきつき》柩《ひつぎ》　霊捜研所員。宗教化学の専門家。

萩原《はぎわら》荻太郎《おぎたろう》　霊捜研所員。心霊疫学の専門家。

林《はやし》風雅《ふうが》　霊捜研所員。霊子地理学の専門家。

吾勝《あがつ》殊《ことな》　霊捜研所員。霊子工学の専門家。

烏越《うえつ》道終《どうしゅう》　霊捜研所長。御陵の上司。

覚然坊《かくねんぼう》阿闍梨《あじゃり》　僧侶。昭和の大霊能者。御陵の師匠。

ククリ　イル・パラディーゾのメイド。

小平《こだいら》千手《せんじゅ》　映画『生きている人達』シリーズの監督。
葛《かつら》　城《ぎ》秋子《あきこ》　映画『生きている人達』第六作の主演。
葛《かつら》　城《ぎ》春生《はるお》　葛城秋子の弟。
塚原《つかはら》美奈《みな》　映画『生きている人達』第四作の主演。
種田《たねだ》頼子《よりこ》　映画『生きている人達』第三作の主演。
麻木《あさき》宏《ひろし》　映画『生きている人達』第五作の主演。
飯山《いいやま》紋《あや》　十年前に横浜で起きた一家惨殺事件の生き残り。
等々力《とどろき》作美《さくみ》　飯山家惨殺事件の犯人。

曳月《ひきつき》柾《まさき》　曳月柩の弟。
堀《ほり》十聖《じゅうせい》　美少年 教誨《きょうかい》師。
宇都宮《うつのみや》法水《ほうすい》　霊医学者。曳月の大学時代の恩師。
蝶《ちょう》　野《の》京《けい》　警視庁捜査一課の刑事。

デッドマンズショウ　心霊科学捜査官

「此後《このゝち》雑劇《しばい》に管的《かかわるもの》、小平次が死霊の物語をする人あれば、必《かならず》怪事《あやしきこと》ありとて、雑劇《しばい》の人はおそれて語る事なし」

（山東京伝『復讐《ふくしゅう》奇談《きだん》安積沼《あさかのぬま》』）

プロローグ

暗い山道を歩いている。

堅いアスファルトを打つハイヒールの足音。こんなものを履いてくるんじゃなかった、って、小さな後悔が胸にこびりつく。腰ほどの雑草に手をやれば、薄いガラスのような葉が指先を傷つけていく。辺りに光はなく、唯一、背後から向けられたハンディカメラのライトだけが夜の三森峠《さんもりとうげ》を映し出す。

「ここです」

ふと立ち止まり、背後の人物に声をかける。

「私の同級生達が死んだのは、あのトンネルの手前でした」

辺りを舞う蛾《が》の群れが、視界の両端を掠《かす》めていく。ライトに照らされてできた私の影が、前方のトンネルに向かって伸びている。

「事故だったんですよね」

「そうです。修学旅行で、猪苗代湖《いなわしろこ》に行く途中のバスでした」

「とても辛い事故ですよね」

背後の人物が優しく語りかけてくる。それに一回だけ頷《うなず》いて、あとは真《ま》っ直《す》ぐにトンネルを見る。

オレンジのトンネル灯が、ぼうっと暗闇《くらやみ》に浮かび上がっている。こちら側と向こう側。二つの世界を区切るような光が、手招きをするように明滅していた。

「バスに乗っていた私の同級生二十人と、先生、運転手さん、バスガイドさん。全員助からなかった。運が悪かったって言えば、それまでですけど。崩落事故に巻き込まれて、そのバスだけが大きな岩の下敷きになったんです」

私は花束《はなたば》を胸元で捧《ささ》げ持ち、遠く、トンネルの向こうを見通すように目を細めた。

「私は、その頃、ずっと学校を休んでいたんです。元々体が弱くて、長く入院してて。仲のいい友達なんかは、修学旅行に行く前に病院まで来てくれて、お土産《みやげ》は何がいいかとか、楽しそうに話してくれました」

笑顔で語りかける友達の顔が、どんどんとフラッシュバックしてくる。あの子も、あの子も、好きだった男子も、少し嫌いだった先生も、全員が一瞬で潰《つぶ》れてしまった。人間らしい形なんて何も残さずに。写真だけが飾られた葬式に、私は参加することになった。

その葬式の日、周りからは酷《ひど》いことを言われた。どうして貴女《あなた》だけ生き残ったの。他の皆は死んだのに、どうして。一人娘を亡くした母親だった。その子の家には、遊びに行ったこともあった。美味《おい》しいお菓子を作ってくれた覚えがある。

咽《むせ》び泣《な》く声と、諦《あきら》めの溜《た》め息《いき》、何も考えられないという無表情。色んな人達が集まる中で、私は耐えようもない居心地の悪さを感じていた。

「私はここにいてはいけないって、何度も思ってました」

「ここ、っていうのは、お葬式のこと？」

「いいえ、この世、って意味です」

小学校の卒業式には、たった一人で出た。隣のクラスに混じれば良かったけれど、卒業式に名前だけでも呼んで欲しいという遺族の要望を取り入れた学校側が、きちんと死んだ同級生達の名前も呼び上げることにしたのだった。

一人ひとり、死んだ同級生達の名前が読み上げられ、その度に会場ですすり泣く声が響いた。誰もが帰ってくることのない、小さな犠牲者達を悼んでいた。そんな中、自分の名前が呼ばれ、私ははっきりと声をあげた。会場がざわついた。生き残りがいたのだと、事情を知らない幾人かの大人が、そこで初めてばつの悪そうな顔をした。

校長先生は、私が他の同級生全ての代表であるように振る舞ってくれた。君と卒業できて、みんな喜んでいるよ、って。私は壇上で卒業証書を受け取りながら、自らの背後に、ぺしゃんこになった同級生達の幽霊がいるように感じていた。

奇跡的に生還したわけじゃない。たまたま運良く、その日に休んでいただけ。でも私一人分の幸運は、他の無数の不幸に塗り潰されてしまう。

「もうすぐ期限の七日目だけど、本当にここでいいの？」

背後を振り返って、カメラへ向けて精一杯の笑顔を送る。

「そうですね。やっぱり最期《さいご》はここだと思ったんです」

私は花束を抱《かか》えて、山の腹にぽっかりと空いたトンネルに向かって歩く。オレンジ色の光を目指して、一歩一歩、これまでのことを思い起こしながら進んでいく。

――おんまかやしゃ。ばざらさとば。

背後から声が聞こえた。どこから聞こえているのだろうか。私のこれからのことを思えば、些細《ささい》なことだというのに、いやに気にかかる。

――じゃくうん。ばんこく。

花束をトンネルの入り口に置いて、私は死んでいった同級生達のことを思い出す。

――はらべいしゃやうん。

ふと腕時計を見れば、時刻は深夜の零時を指していた。これで約束の七日目。

私が、死ぬ日。

大きく息を吸ってから、再び前を見る。するとそこに、同級生の顔が浮かんでいた。血《ち》塗《まみ》れの友達。ぐしゃぐしゃに潰れた胴体、千切れた手足、こぼれた脳。死んでいった同級生達の最期の姿を、私はしっかりと見据える。

「ごめんなさい」

生き残ってしまって、ごめんなさい。私だけ生きていてごめんなさい。許してください。ごめんなさい。

同級生の霊が、トンネルの奥から次々と現れる。怨《うら》んでいるのだろうか、何も考えていないのだろうか。あの日まで、仲良くしてくれた友人達。私は彼らに懺悔《ざんげ》し続けた。でも、今日でそれも終わり。

私はトンネルの奥へと歩き始める。幽霊達が崩れた顔で微笑《ほほえ》んだ。私を迎えてくれるのだろうか。

幽霊の群れの中に、一番仲の良かった明日美《あすみ》ちゃんの姿を見つけた。私は彼女の手を取ろうと、幽霊達の中へと大きく踏み込んだ。

その瞬間、視界を白い光が満たした。

クラクションの音。走り来るトラックの耳障《みみざわ》りなブレーキ音。ヘッドライトの光に、幽霊達が散っていく。

私が最期の瞬間に見たのは、優しく微笑む同級生達の姿。

こうして私は死ぬことができた。

第一章――二本の右腕

1.

そこで映像は暗転し、後はお決まりのスタッフロールが流れ始めた。

かん、と一つ、下駄《げた》が床を打った音が響く。腿《もも》幅の広いボンタンズボンが揺れる。椅子《いす》の端《はし》から垂れ下がったコート、膝《ひざ》の上に置かれた麦わら帽子。御陵《みささぎ》清太郎《せいたろう》が顎《あご》に手を置いて、不機嫌そうにスクリーンの方を見つめている。

「でぇ」

と、曳月柩《ひきつきひつぎ》が間延びした声をあげた。白衣の下のロリータ服がスクリーンの光を受けて小さく煌《きら》めく。

「今見て貰《もら》ったのが『生きている人達』シリーズの四作目、小学校の頃に事故で同級生を失った女性の物語なんだけどぉ。あ、清太郎ちゃん、電気つけて」

まるで姉のように接してくる曳月に無駄に逆《さか》らうこともなく、御陵は研究室の電灯を点《つ》けるために立ち上がる。

「それはええけんど、どういてまた所員揃《そろ》って映画らあ見るがよ。レクリエーションゆうには、えらい不気味やか」

「怖かった？　どうだった？」

明るくなった部屋の中、ＤＶＤプレーヤーをいじりながら、曳月が楽しそうに微笑む。年上の女性上司が、くりんと大きな瞳《ひとみ》を輝かせて御陵の方を向いている。可愛《かわい》らしく紫色のリボンで結んだサイドテールが揺れる。

「俺は別に。そもそも芸術性ゆうが？　映画の批評ゆうがは解らんき。なら、ほれ、萩原《はぎわら》はそんなモンが得意じゃろ？」

「そうだねぇ、僕からすると、実に興味深い映画だね」

御陵に振られ、だらしなく椅子に腰掛けたままの萩原荻太郎《おぎたろう》が頷く。

「僕は初めて見たけど、面白いんじゃないかな。これって台本じゃなくて、撮影時にリアルに起きたことを記録しているんだよね。主演の彼女も実際に同級生を亡くしているわけだ。フウちゃんはどうだった？」

「そ、そうですね。自分も面白く思いました」

部屋の隅《すみ》の方で、小さな椅子に巨体を縮こまらせて座る林風雅《はやしふうが》がおずおずと顔を上げた。

「七日目に必ず死ぬ呪《のろ》いをかけられた普通の人間が、その間に何をするのか、何を残すのか、そういう極限状態の表現が素晴らしいです。そういった点で、この映画は斬新《ざんしん》なものに感じられました」

ここで萩原と林が、二人して映画談義に突入しようとしたところで、前方から「こらぁ」と抗議の声が届く。

「普通に映画の話をするんじゃなくてぇ、私が聞きたかったのは幽霊の表現の方だよぅ。私達は何？　ほら、清太郎ちゃん、答えて」

「心霊科学捜査研究所の所員じゃ」

「宜《よろ》しい。さすがに配属三ヵ月目ともなると清太郎ちゃんにも自覚がでてきたわけだ」

曳月が満足げに何度も頷いた。

「で、私達は霊捜研《れいそうけん》なのよ。警察の付属機関にして、霊の痕跡《こんせき》を元に犯罪を暴《あば》く、死後犯罪の専門家！　心霊科学の担い手！　ほらほら、そんな私達から見て、この映画の幽霊についての何を思うのかを聞きたいの」

そう言われて、御陵は改めてこの奇妙な上映会に集められた面子《メンツ》を見回す。一癖《ひとくせ》も二癖もある霊捜研の所員連中が、いずれも感慨深そうな表情を浮かべている。

「偽物だねぇ」

「フ、フェイク映像でした」

「あんな霊はおらんちや」

三者の見解が一致したところで、御陵は先程から押し黙っている、もう一人の職員の方へと近づく。

「ほれ、吾勝《あがつ》はどうじゃった。偽物じゃろう」

御陵が同輩の肩を叩《たた》くと、びくり、と、怯《おび》えた小動物のように弾んで吾勝が椅子から立ち上がった。

「は、はぁ⁉ 単純な合成ッスねぇ」

ボーイッシュな顔を引きつらせて、吾勝殊《ことな》が上ずった声を出す。

「ウチのような心霊映像のプロから言わせて貰えば、全くもって稚拙ッスね！ まず幽霊というのは、死後に抜け出した人間の霊子《りょうし》が他人の脳で観測されるから見るんスよ。霊子は人間の五感に作用を及ぼしてですね、まるで実在するかのように姿を見せるわけで、これがあらゆる心霊現象の基本なんスけど、どういった姿で見るかは個人によりけりで、映画なんていう形態で全員が同じ姿の幽霊を見るなんていうのはナンセンスで」

いよいよ熱が入った様子の吾勝が、両手を広げて御陵達を見回している。

「っていうか、そもそもハンディで撮ってるのなら、霊子メディアを使うなり、磁気テープに霊子を付着させるなりして、実在の霊子を観客に届けた方が最後の映像をもっとリアルにできたはずなんスよ！」

「殊ちゃん、ドヤ顔で話してるけど、再生中ずっと柩ちゃんの手を握ってたからね」

隣から向けられた萩原の言葉に、吾勝は耳を押さえて聞こえないフリを決め込む。

「え、私握ってないよ？　幽霊の手じゃない？」

「あーあーあー！」

「あらら、ごめんごめん。冗談だって。それにしても殊ちゃん、死体とかは大丈夫なのに霊は苦手なのよね」

「どっかの馬鹿《ばか》が心霊CDを延々と聞かせたりしたからッス」

しゃがみ込む吾勝の後頭部を御陵が摑《つか》んだ。

「こら、清太郎ちゃん！　いじめないの！」

「こいつが先に喧嘩《けんか》売ってきたがやろう。まぁ、ええ」

依然として反抗的な態度を取る吾勝から離れ、御陵はテーブルに置かれていた先の映画のDVDパッケージを手に取った。

「ほう、『生きている人達』か。それにしちゃ不気味なモンよ。出演者は呪いをかけられて、七日目に必ず死ぬゆう筋で、終わり方も、まるで幽霊に祟《たた》り殺されたようなモンじゃ」

「そういうホラー映画みたいな見方もできるけどねぇ」

曳月が吾勝の頭を撫《な》でつつ、片手でDVDプレーヤーを操作していく。タイトル画面に戻してから、特典映像と題された箇所を選択していた。

「この作品はね、本当は死を間近にした人間が、生きる意味を問い直すっていう目的があるらしいのよ。一応、特典映像で出演者のインタビューもついてて、映画を通じていかにして救われたか、っていうのを語るらしいし」

曳月の説明の通り、スクリーンには映画の中で死を迎えたはずの出演者が映っていた。ソファに腰掛け、優しげな笑顔で撮影時の様子や自身の半生について語っている。

御陵は映像の中で語る女性を見据え、その感情を反芻《はんすう》していく。

事故で同級生全員を亡くした女性。彼女の後悔は、自分一人が生き残ってしまったことだった。そうした後悔を抱えていた彼女は、七日目に死ぬと言われて、最期の場所として事故現場へと辿《たど》り着いた。そこで同級生達の霊に誘われるようにして、自らもまた命を落とした。

恐らく、その瞬間に女性は救われたのだろう。

一人だけ生き残ってしまった自分が、映画の中であれ、擬似的に死ぬことで、これまでの罪悪感を帳消しにできたはずだ。それこそが『生きている人達』というタイトルの意味なのだろう。

ここでスクリーン上の映像も終わった。まるで生まれ変われた気がする、と。インタビューの最後に、主演の女性はそう言っていた。

曳月がＤＶＤの再生を終えると、そのまま壁際に立って、一同をゆっくりと見回し始めた。その意味深な視線に気づいた御陵が、答えを確かめるように口を開く。

「おい、曳月よ。わざわざ霊捜研の所員集めて、幽霊の出る映画をただ楽しもうゆうがやないろう」

御陵に問われると、曳月はわざとらしく唇を吊り上げてみせる。

「そうねぇ。じゃ、先に聞いておきたいんだけど、清太郎ちゃんはこの映画から《怨素《おんそ》》の気配を感じる？　霊捜研の職員としてじゃなくて、陰陽師《おんみょうじ》としての直感でいいから教えて欲しいな」

不穏な質問に対し、御陵はいくらか眉《まゆ》をひそめたが、それでも首を横に振った。

人は死ぬと霊子を残す。しかし時として、人は非業の死を遂げ、あるいは深い怨みを抱えて死ぬ。その時、残された霊子は他人を害する強力な毒となる。それこそが《怨素》。

しかし、と。

「ありゃ普通の映画よ。《怨素》の影らあ、どこにもないぜ」

御陵の答えに、曳月は「そう」とだけ返すと、無言のまま研究室の一角に置かれたホワイトボードの前へと陣取った。

「今見て貰った『生きている人達』の四作目、主演は塚原美奈《つかはらみな》という女性ね。女優とかじゃなくて一般人よ。モキュメンタリー映画だから、演技とか必要ない、リアルな反応が作品のキモだしね」

曳月がホワイトボード上に塚原美奈という名前を書く。そして、白衣の内から取り出した一枚の写真を、その名の下に貼《は》り付けた。

「おい、そりゃあ――」

御陵は、その写真を見て身を固くした。

そこに写っていたのは、女性のものと思われる右腕だった。それも肘《ひじ》から上のない、明らかに切断された右腕。それが水に濡《ぬ》れ、土と葉をまとわりつかせたまま、ブルーシートの上に置かれていた。

「これは今から四ヵ月前、福島県郡山《こおりやま》市の深田《ふかだ》調整池《ちょうせいち》で見つかった女性の右腕」

さらに曳月は手にした写真を続けてホワイトボードに貼っていく。女性の左足、右足。次には左腕。そして最後に貼られた一枚を見て、この場にいた全員が、思わず息を呑《の》んだ。

「これは同じ郡山市の宝沢沼《ほうざわぬま》から出た、女性の上半身の写真」

その写真にあったのは、両腕を切り取られた女性の胸像。四方に散った濡れ髪。その一部に黒く凝固した血液がこびりつき、絡《から》まった糸くずのように塊《かたまり》を作っている。

「この人、誰か解《わか》るよね。さっきまで映画で見てたんだから」

静かに告げた曳月に、御陵は正対して視線を合わせた。御陵だけではない。この場にいる所員の誰もが、先程までの朗《ほが》らかな空気を改め、ある種の緊張感を持ってホワイトボードを見つめている。

「塚原美奈は――四ヵ月前にバラバラ死体となって発見された」

冷たい氷が這《は》うように、研究室に張り詰めた空気が満ちた。

「ちょっと、柩ちゃん」

最初に長い溜め息を漏らしたのは萩原だった。

「僕もその事件はニュースで見たから知ってるよ。さすがに名前まで覚えてなかったけど、まさか映画の出演者だったとはね」

肩を竦《すく》める萩原の後を継いで、林が大きく手を上げた。

「し、質問なのですが、その女性は、どこで死亡したのですか？　確か、映画のラストシーンは三森峠で、体が発見された場所と近かったように思うのですが」

林からの問いかけに、曳月は用意していた資料を手渡した。御陵の元にも回ってきたところで、曳月がホワイトボードに新たに文言を書き加えていく。

それは死亡推定日時と、映画の撮影終了日。

「結論から言うとね、今見て貰った映画の撮影直後に、主演した塚原美奈は死亡したの」

それって、と、驚いたように吾勝が顔を上げた。

「映画の撮影と関係あるってことッスか？　その、塚原さんは映画の撮影時に本当に死んでいて、とか……」

「ううん。あれは間違いなくフェイクよ。撮影が終わった後にスタッフ数人が生きている彼女と接触してる。ただ、撮影終了後に行方不明になったのは確からしいけれど」

御陵は手元の資料に目を通していく。

塚原という女性は撮影終了後にスタッフ達と別れ、翌日に一人で例の事故現場へと向かったという。改めて同級生達を慰霊するつもりだったらしい。

「それじゃあ」

ここで萩原が声のトーンを落とした。

「七日目に死ぬっていう呪い、成就しちゃったわけだ」

その言葉を受けて、御陵は顔を険《けわ》しくする。七日目に死ぬ呪い。それは映画内でのフェイクではなく、この現実で実際に起こったというのか。

「あの、ウチも質問なんスけど、バラバラ殺人事件なんて、すぐに犯人が解るモンなんじゃないスか？　どうしてここまで放置されてるんスか」

「それは」

曳月が声を潜《ひそ》めた。

「この死体から《怨素》が全く検出されなかったからよ」

その言葉に所員全員が息を呑んだ。

通常、あらゆる事件で《怨素》は最初に検出されるべきものだ。人が何者かに殺された時、その死の間際に霊子は変容し《怨素》となって自身を殺した人物に向かっていく。あたかも返り血のように付着した《怨素》は、それ自体が殺人の証拠として扱われる。それを調べることが霊捜研の役割でもある。

「皆も霊捜研のメンバーなら当然解るはず。《怨素》は人が死ねば必ず生まれる毒よ。それは喩《たと》えるなら、生者と死者を結ぶ手紙みたいなもの。私達は死体や事件現場を探り、その発信元を明らかにする。あるいは《怨素》の受信先となった犯人や凶器を特定することもできる。だけど、そんな私たちにも解らないものがある」

曳月の言葉に一同が首を縦に振った。

時として《怨素》が検出されない事件が起こる。

人間以外の手によって引き起こされた殺人事件。死後犯罪、幽霊事件、それら以上の不可解な状況。それを形容する言葉は一つだ。

「祟《たた》り事案《インシデント》、ゆうわけか」

御陵の言葉が、研究室に冷たく反響する。

祟り、呪い。《怨素》によって引き起こされる、あらゆる不条理を伴った事件。

事故の多発、呪われた土地、連鎖する自殺。強力な《怨素》は、時に祟りという存在へと変わり、それは自然災害のように人々を突如として死の淵《ふち》へと突き落とす。

そして、疫病《えきびょう》のように人々に広まる《怨素》の姿を捉《とら》え、また未然に防ぐこと。祟り事案の解決。それは霊捜研の役割の一つであり、また御陵個人にとっても対峙《たいじ》しなくてはいけないものであった。

「ほんなら話が早いちや。いいぜ、野良陰陽師として祟りと戦ってきた俺が――」

「ちょーっと待った！」

奮起せんと腕まくりまでした御陵に対し、横から萩原が気の抜けた声を向けた。

「待った、待っただよ。よく考えてみてよ、事件は四ヵ月も前に起きているんだよね。それに現場は福島県、捜査は県警の管轄だし、霊子の鑑定だって福島県警付属の霊捜研でやってるわけでしょう？　今更、どうして僕らが出張るのさ」

萩原からの疑問に、林も吾勝も同様に頷いていた。

「ねぇ、事情を知ってるなら教えて欲しいな。主任研究員たる、柩ちゃんの方から」

ムフ、と、どこか憂鬱《ゆううつ》そうに息を漏らしつつ、曳月が近くに積まれていた段ボール箱に手をかける。

「先にちょっと、清太郎ちゃんに簡単な霊子鑑定をお願いしたいの。陰陽師だもんね、できるわよね？」

「できんでもやらせるがやろう。まぁ、正確なモンは出んけど、何か遺留品でもあるがやったら、本人のモンかどうかは解るぜ」

曳月はその答えを受けて、御陵の目の前のテーブルに二つのビニール袋を置いた。一つには銀色のネックレス、もう一方には小さな指輪が収められている。

「この二つは被害者の遺留品なんだけど、ここに残った霊子を見て貰いたいの」

「あ？　《怨素》の鑑定やないがかよ。霊子を見るだけでええがか」

「そうなの。お願いできるかしらん」

何か含みのある曳月の言い草に違和感を覚えながらも、それでも御陵は慣れた手つきでコートの中に収められた呪具《じゅぐ》を取り出す。

三五斎幣《さんごさいへい》。御陵が陰陽師として扱ってきたもの。それを指に挟んで遺留品へと近づける。

「……花をいさみて三五斎幣、これのりくらえ、静かにかかりて影向《ようごう》なり給《たま》え」

御陵が短く祭文を唱えると、二枚の御幣がにわかに揺れ始める。二つの遺留品に残っていた霊子が、この瞬間に御幣へと乗り移った。その僅《わず》かな形の違いを手触りで理解できるのは、御陵が陰陽師として経験を積んできたからこそ。

「──霊子の痕跡。少し見づらいが、確かに残っちゅう」

集中する御陵に対し、願い出た曳月の方も感慨深げに腕を組んで様子を見守っている。

「うんうん。相変わらず見事ねぇ。師匠の覚然坊阿闍梨《かくねんぼうあじゃり》も草葉《くさば》の陰《かげ》で──」

「生きちゅうきに、何度も言わすなや」

いつものやり取りに、曳月も一度だけ顔を緩《ゆる》ませる。それでも次の瞬間には真剣な表情を作っていた。

「それで、えーと、清太郎ちゃん。答えて欲しいんだけど、その二つの遺留品に残ってる霊子は同じものかな?」

「ああ、間違いなく同一人物のモンじゃ。なに死体がバラバラやき、霊子から被害者を特定しようゆう腹積もりなが?」

御陵からの質問に、曳月は悩ましそうに首を振った。

「ありがとうね、清太郎ちゃん。でも、凄《すご》く、凄く困っちゃった」

「どういてで。特定できたやか。どいて困るねや」

曳月は何も答えず、ただホワイトボードの前へと戻ると、そこに新たな写真を貼り付ける。

「どうして県警じゃなくて、警視庁付属の私達が捜査をするのか。この写真が、その答えになるはず」

一枚の写真。そこに写っていたものを見て、この場の誰もが顔を強張《こわば》らせた。

「これは、今日の未明、都内の公園の池で発見されたもの」

そこに写っていたものは、切り取られた人間の右腕だった。

「そして、今さっき清太郎ちゃんが見てくれた指輪の持ち主よ」

「おい、待ちや曳月。ほいたら——」

御陵の手の内で、三五斎幣が揺れている。

「そゆこと」

曳月が目を細める。憂《うれ》い顔のまま、赤い唇《くちびる》を開いていく。

「同じ霊子を持った、二本目の右腕が出てきたのよ」

2.

霊子とは、人間の意識の全ての源。

霊子科学で証明されたこの素粒子は、人間の脳に入り込み、そこで意識なるものを生み出す。思念、記憶、感情。人間がおよそ思考と呼ぶ全ての精神活動に霊子が関わっている。それこそが霊子脳理論で説かれた事実。

幽霊とは、死後に肉体から離れた霊子の塊であり、逆に言えば、生前の人間の持つ精神そのものが霊子である。

「だからこそ」

御陵の耳の横で、気難しそうな声が響く。

「同じ霊子を持つ人間などあり得ない。記憶や感情、思考の何もかもが同じ人間なんていないのだからな」

御陵と並び立って男が遊歩道を歩いている。ブランド物のスーツ、きっちりと整えた髪に鋭い眼光を透かす眼鏡《めがね》。警視庁捜査零《れい》課の刑事、音名井高潔《おとないたかきよ》が不機嫌そうな顔を隠しもせずに歩みを進める。

「そうは言うたち、二本の右腕から同じ霊子が出たがは事実やき。何も俺が見ただけやない、正確な霊子鑑定もしたけど結果は同じじゃよ」

やや疲れた表情で、御陵が隣の音名井に声をかける。視線を合わせまいと周囲に目をやれば、そこには閑静な公園の風景が広がっている。湿気《しっけ》をまとった風に煽《あお》られて、木々が緩やかに揺れている。

「それがあり得ないと僕は言っているんだ。霊捜研の鑑定を疑うわけじゃないが、既にDNA鑑定で別人の腕だというのは判明している。一人の人間から二本の右腕が生《は》えているはずもない。霊子鑑定の方に異常があると考えるのが妥当だろう」

「せやき、その考えが間違うちゅうと言いゆうろう。霊子は俺らにも解らん道理が働きゆうにかぁらん。それも捜査に活《い》かすがが、刑事ちゅうモン、じゃろ」

一歩、御陵が音名井の進路を邪魔するように強く踏み込んだ。

「解らん奴《やつ》だな、お前は。捜査は現実的な線から冷静にするものだ。解らないものを持ち込む時点で、大いに、間違っている」

さらに一歩、音名井が御陵の足を捉えるように踏み出す。

「おうおう、よう言うのう。これやき都会育ちのボンボンは」

御陵が真横の音名井を小突く。

「お前こそ、僕についてて捜査を学ぶ気がないなら、とっとと故郷の山奥にでも帰れ。木の根でもかじって暮らしていろ」

音名井が御陵の肩を打つ。

「ははぁ、舌の貧しいモヤシっ子の言いそうなことやにゃあ。汚い空気を吸うて生きゆうとこうなるがかァ?」

御陵が音名井の顔を舐《な》めるように見据える。あからさまにガンを飛ばしてくる相方に対し、音名井の方も冷ややかな視線を浴びせる。

「お、お二人は」

一触即発という空気の中、二人の背後から声がかかった。

「最近になって打ち解けたと、曳月主任が言っておられたのですが」

後を追ってきた林が、巨体を屈《かが》めつつ御陵と音名井に恵比須《えびす》の如《ごと》き笑顔を向ける。これには両者共に、同じタイミングで「ああ?」と、怒りを込めての返答。

「なるほど。息があっておられる」

林の大らかな笑みに御陵は毒気を抜かれ、音名井も溜め息を一つ残すだけで、それ以上の言い争いには発展しなかった。

「それで今回は、霊捜研から林さんに応援に来て貰っているわけだが」

「はい、林風雅、お供させて頂きます」

気弱な性格からか、普段は机の端で大きな体を竦めている林が、この時ばかりは背筋を伸ばしての敬礼を一つ。二メートル近い巨体の頂点、しっかりと刈り上げた頭部が垂れ下がる木の枝に触れていた。

「今回、林さんに来て頂いたのは、霊子地理学の見地から現場を見て貰いたいからです」

「霊子地理学ゆうがはなんじゃ？」

「りょ、霊子地理学は、古くは風水など、土地と霊子の関係を探る技術から発展した学問領域です。霊捜研では、四つ辻《つじ》や水辺など、霊子が溜まりやすい土地を調べ、防霊措置を施すといった作業をしています」

「ほう、悪縁の集まる土地を調べるゆうことか」

「そうです。他にも霊子が流れる霊道や、心理的にどうしても通りたくない凶方位というような概念を扱います。現在でも不動産業界では、事故物件などを回避する目的で盛《さか》んに用いられています」

「林さんは、元は陸自の地理情報隊にいたんだ。現場に残る幽霊の痕跡を探ることにかけては、霊捜研の中でも随一だな」

音名井からの賞賛に、林は小さく微笑んだ。

「そ、それで現場というのは、あちらですか」

気恥ずかしさを誤魔化すように、林が遠くを見た。御陵も同じ方向に目をやれば、遊歩道の木柵《もくさく》の向こうに、背の高い雑草と泥ばかりの池が見えた。ちょうど対岸に雑木林が広がっている。昼なお暗い木々の奥に、黄色い規制線が張られているのが見えた。

「今朝方、公園の整備工事のために池の水を抜いたそうだ」

「なるほど、ほいで人間の腕が出たゆうわけか」

御陵は木柵まで近づき、その場にしゃがみ込むと、柵越しに池の跡を見据えた。一面に泥が広がっている。周囲の土壌よりも黒ずみ、湿気を保《たも》った土地。池とも呼べない、不気味な空間がぽっかりと口を開けている。

「発見されたのは、あそこの雑木林側だ。それで林さん、早速ですが霊子地理学の見地から何か解ることはありませんか？」

音名井から振られると、林は背中に背負っていた大荷物を降ろし、それと共にタクティカルベスト——見るからに厳《いか》めしいが、その一部には、林が愛する猫のキャラクターのワッペンが縫い付けられていた——から小さな円盤を取り出した。

「機器の方でも計測をしますが、先に簡単に見ておきます」

そう言うと、林は大きな手で円盤を水平に持ち、そこに刻まれた文字列をつぶさに見ていく。

「おう、そりゃ羅盤か」

「さ、さすが御陵さん、お詳しいですね。そうです、風水などで使われる方角を知るための道具です。これは霊子羅盤なので、空気中の霊子密度の濃い場所を計ることができます」

御陵が林の手元を覗《のぞ》き込むと、羅盤の中心に据えられた針が振れ、その下でデジタル表示の数字が様々な値を示しているのが見えた。

「じ、自分は周囲を計測して、未発見のバラバラ死体がないか霊子から探ります。先に測霊機器を設置していますので、お二人は現場の方へどうぞ。それと、御陵さんにも羅盤を一つ渡しておきます」

御陵は林から手渡された羅盤をかざし、そこに刻まれた文字列を確かめていく。複雑なコンパスといった趣だが、針が示すのは方角だけではなく、設定された霊子に対応する密度の濃い地点が数値で表されている。

「こりゃ俺の三五斎幣と同じじゃ。依《よ》り憑《つ》かせた霊子を辿って、それと同じ霊子に反応するところを見るゆう代物じゃきに」

「お前のやり方は癖が強すぎて他人には真似《まね》ができない。数字で記録されなければ証拠にならないしな」

「褒《ほ》めゆうか貶《けな》しゆうか、ギリギリの言葉を使いゆうにゃあ」

御陵の言葉を無視し、音名井は遊歩道を進み始め、雑木林の方へと足を向ける。機器類を設置し始めた林に手を振ってから、御陵もその後を追う。

「今回の事件についてだが――」

池を大きく回り、人も入り込まないような雑木林を進んでいく。陽の光も通さない雑木林の奥、ぬかるみと落ち葉を踏み分けながら、音名井が背後の御陵へと語りかけた。

「まず状況を確認しておこう。四ヵ月前に福島県で発見されたバラバラ死体についてだ」

「確か、塚原ゆう女性やったか」

御陵の足元で、腐った落ち葉を踏み込んだ嫌な感触。下駄で歩くにはいくらか苦労がいる。

「そうだ。塚原美奈、二十歳の大学生。神奈川県在住で、両親と暮らしていた。映画の撮影で福島県に行った後、自宅に戻らないのを心配した両親が警察に捜索願を出し、そこから死体発見へと繋《つな》がった」

御陵の脳裏に、自らの将来を語る彼女の姿がよぎった。彼女は映画の中で、擬似的な死を迎え、だからこそ新たな人生を送ることを願っていた。そんな女性が、今度こそ生き返ることのない本当の死に遭遇した。その不幸と無念さ。

御陵は麦わら帽子を僅かに下げ、スクリーン越しに出会った女性の死を悼んだ。

「福島県内で発見された死体の部位は、いずれも塚原本人のものだと確認できている。これは霊子鑑定でも、ＤＮＡ鑑定においてもだ」

「問題は、今日になって発見された方、か」

規制線の前で音名井が立ち止まる。背後についた御陵が前を向くと、そこに広がっていたのは澱《よど》んだ泥の海。対岸には林の設置した機器類の影が見える。

御陵が手元の羅盤を確かめると、周囲の土地よりも霊子の濃度を表す数値が高く出ている。それでなくとも、陰陽師としての直感が、この場所に嫌な空気が澱んでいることを告げている。

「発見された右腕は科捜研の方でも調べているらしいが、長く泥に浸《つ》かっていたせいで、なかなかに判断しにくいらしい。切断された時期も、あるいはその持ち主が死んでいるのかも」

「まあ、十中八九、持ち主は死んじゅうろう」

御陵が羅盤を見据えたまま、どこかつまらなそうに呟《つぶや》く。

「解るのか？」

「解る。霊子の集まり方を見たらえい。生きながらに切られたゆうがとは違うき。そんな拷問じみた殺され方しようったら、ごっつい太い《怨素》が出るはずやけど、ここにはそんなモンはない。こりゃ死んだ後にバラバラになったにかぁらん。一旦《いったん》、霊子が外に出て、全身に巡ってから部位が分かれたら、それぞれの箇所から霊子が出るきに」

手にした羅盤を刃物に見立て、御陵は腕の付け根をトントンと打ってみせる。

「ほいで、おんしの推理はどうじゃ、音名井。捜査零課ゆうたち、幽霊犯罪のプロフェッショナルやか」

「概《おおむ》ね、僕も同意見だよ」

水の抜かれた、泥ばかりの池を見やりながら、音名井が気難しそうな調子で続ける。

「四ヵ月前の事件については、科捜研でも霊捜研でも見解が一致している。後頭部の打撲痕から、死因は殴られたことによる脳挫《ざ》傷《しょう》と判明している。つまり被害者は死後、その体を切断されたらしい。そして遺体を損壊させる理由は主に二つで、単純に発見を遅らせるための隠蔽《いんぺい》工作か、あるいは――」

「怨恨《えんこん》、か」

御陵は霊捜研で見た遺体の写真を思い返す。黒い血に染まった髪。激しく殴打された後頭部の傷痕《きずあと》。これは事故ではなく、明らかな殺意によって引き起こされた殺人事件だ。

「ただ状況から言えば、一概に祟り事案だとは言えない。なにせ、幽霊が物理的に殴るなんてことはできないからな」

「さてな。祟られた人間やったら、自分で自分の頭を割るばぁのことはするぜ」

「じゃあ、自分で体をバラバラにしたとでも言うのか」

御陵は首を振る。その点に関して疑問を差し挟む余地はない。何らかの霊的現象によって遺体が切断されようとも、それを複数箇所に分けて遺棄した人間がいるのは事実だ。

「さすがの俺も無茶な推理はようせん。誰かしら生きた人間が関わっちゅうのは確かじゃ。けんど、それが被害者を怨んじゅう誰かなのか、または全く無関係な猟奇殺人鬼なのかは見当がつかん」

「その犯人についてだが、まず被害者は撮影期間中のみ現地を訪れていただけで、関わりのある人間は県内にはいなかった。そのために捜査が難航していたんだが」

「ここに来て、別の事件が起きたと」

音名井が重々しく頷く。

「同じ霊子を持つ二本目の右腕の発見。この奇妙な事件は、福島県のバラバラ殺人事件と何らかの因果《いんが》関係にあるはずだ」

ふと吹いてきた風に嫌な臭いが混じった。泥の泡《あわ》が一つ爆《は》ぜる。漂うのは腐った水の臭気と、それよりも濃い、人間の死によって残された霊子の冷たい感覚。

「嫌な場所じゃ」

何気なく御陵が手元の羅盤を見ると、先程まではなかった数値を針が指し示している。意識を集中すれば、コートの中にしまい込んだ紙片が不気味に律動していた。

「御陵さん！　音名井警部補！」

背後から林の声が響いた。二人はすぐさま振り返り、声の方向へと走り出す。

「ふ、二人とも、こっちに来てください！」

ぬかるみに足を取られつつ、御陵と音名井が雑木林を駆ける。池の端にかかる辺りで、巨大なアンテナを背負った林の姿が目に入った。

「どうかしましたか、林さん」

「いえ、これを見てください」

林はいびつに生えた木の根元を指し示す。地面が掘り返され、その奥に土に塗れた白いものが見えた。作り物にも見えるが、それを見間違えるはずもない。

「こりゃあ、骨か」

「お、恐らく、人間の大腿骨《だいたいこつ》かと、思われます」

その場に屈んだ御陵が、骨の方へと羅盤を近づける。針が激しく動き、設定されていた霊子と同じ反応が検出された。

「あの右腕と、同じ人間の骨じゃ」

御陵の言葉に、音名井と林が息を呑む。

「この場所で霊子が強く反応したので、自分が地面を掘ってみたところ、これが出てきました」

そう言って林は、背中のアンテナ——測霊器を指し示す。手元の計器では、羅盤よりも正確に土地に残った霊子量が計測されていた。

「ともかく、現場は維持だ。僕の方から鑑識に連絡するので、林さんは念のために他の場所も見てください」

音名井が指揮をとり、現場を改め始める。林も早々にデータをまとめ、霊捜研へ報告できるように手配している。ただ一人、御陵だけがその場に屈んだまま、土の中の骨を見つめている。

「どうした、御陵」

「おうの、嫌な気配じゃ。この骨から感じる霊子、どうにも気色悪《えず》うてかなわん」

「どういう意味だ?」

「いや、俺は今まで写真でしか死体を見ちゃあせんかったき、よう気づかんかったけど、この骨を見て解った」

その一瞬、御陵の顔が険しくなる。

「こりゃ呪詛《じゅそ》、いや、呪術《じゅじゅつ》か。そんなモンが濃く染《し》んじゅう」

吐《は》き捨てるように言ってから、それでも気を落ち着けて、御陵は立ち上がる。相対する音名井の怪訝《けげん》そうな顔を見て、一度だけ不敵に笑ってみせた。

「いや、勘じゃ。おんしの嫌いな、陰陽師としての勘よ」

「馬鹿にするな。捜査に不確定なものを持ち込むことはしないが、お前の直感を信じないわけじゃない」

続けて音名井が何か言おうとしたところで、ふと御陵が身構えた。耳をそばだて、視線を周囲にさまよわせる。

「なんだ、急に」

「誰か、こっちを見ゆう」

その言葉に音名井も身を固くする。

「彼処《あこ》の木の陰じゃ」

御陵の視線が、雑木林にさざめく葉を射抜くように、その一点へと届く。十メートルほど離れているが既に規制線の内側。人も入らない場所で、細い木が僅かに揺れ動き、黒い人影が見えた。

「おい！　そこで何しゆう！」

大音声《だいおんじょう》に空気が震え、人影はそれに驚いたように後ろへと走り始める。次の瞬間には、御陵も下駄で大きく枯れ葉を踏み抜き、人影の方へと駆け出した。

柔らかい地面を踏むのと同時に、御陵がコートの内へと手を伸ばす。古釘《ふるくぎ》を数本、指の間に握り込む。硬い金属の感触、ざらついた錆《さび》が指に小さく引っかかった。

息を短く吐いて、御陵が手元の古釘を人影へと投げつける。それが彼《か》の人の足元の地面を穿《うが》った瞬間、前を走っていた人物は前へとつんのめって盛大に転んだ。

「道断ち刀《かたな》、足止めの法じゃ」

黒ずんだ土の上で転がる人物の横に御陵が立つ。黒いレインコートを着込んだ男性のようだった。

「すまんな、一般人やったら謝っちょくぜ。けんど興味本位で来るには物騒《ぶっそう》な場所じゃき、まぁ許しとぉせ」

いつの間にか、後ろから音名井と林も追いついていた。警察手帳を提示しつつ、音名井が短く自分達の身分を明かす。その間も突っ伏したままの怪しい男性に対し、御陵が顔を改めようと力強く体を引き起こした。

「おい、アンタ。ここで何をしゆうがよ。規制線を越えてまで気になるモンでもあったがか？」

「私は――」

気弱そうな中年男性だった。眼鏡の奥で視線が左右に揺れている。

「ここに、映画を撮りに来たことがあって、それで何があったのか、気になって」

「映画じゃあ？」

御陵に胸元を掴まれたまま、男性が焦るように何度も首を上下させる。その様子を見守っていた音名井が、ここで「あっ」と何かに気づいたような声をあげた。

「おい、御陵。その人物は確か――」

それまで怯えていた男が、その時ばかりはどこか惚《ほう》けたような表情を見せ、何かを誇示するように口を開いた。

「私は、映画監督をやっている、小平千手《こだいらせんじゅ》というものです」

暗く輝く男の眼光が、御陵の視線に絡みついた。

「知ってると嬉《うれ》しいのだけど、『生きている人達』という映画を撮ってるんですよ」

3.

会場に集まった人々の顔を、御陵と音名井が注視している。小平千手の新作クランクアップを記念したパーティの場だった。貸し切りにしている北千住《きたせんじゅ》のスペイン料理店には、二人も知らないような映画業界の人間達が集まっている。

「このパーティは小平監督の新作完成記念のものだそうだ」

音名井が前を向いたまま、横の御陵に声をかける。

「福島県で亡くなった塚原美奈のものが四作目で、今回は五作目。主演は麻木《あさき》という男性だそうだが、このパーティには来ていないらしい。できるなら、彼の行方も確かめておきたかったんだが」

「次の被害者になるかもしれんき、押さえちょこうゆうわけか」

音名井が小さく頷いた。

その視線の先に、会場の中央の壁に掛けられたテレビがある。そこで流されていたのは、小平千手が監督したこれまでの『生きている人達』シリーズの映像だった。

「あれが、去年撮影された三作目に主演した女性だ」

音名井がテレビを示した。映像の中では、一人の中年女性が小さな公園を訪れていた。

「種田頼子《たねだよりこ》。二十年前に海外に移住し、そこで暮らしていたが、十年ほど前に起きた大地震で被災し、夫と二人の子供を亡くしている。肺を患《わずら》ったこともあり日本に帰ってきたが、既に両親も他界し、知り合いもいない孤独な生活を送っていた」

音名井の説明は、映画の中で種田という女性が語っていた半生そのものだった。その果てに、彼女は他の出演者と同様に死を願い、映画を通じて擬似的な死を遂げる。

ラストシーンが映った。幼《おさな》い頃に両親に連れられてきた公園を最期の場所とし、そこで彼女は夫と子供達、両親の幽霊に導かれていく。その最期の風景、公園の池で死を迎えた女性の姿を見て、御陵と音名井は言い様のない感情に囚《とら》われた。

「あれ、遺体が発見された公園で間違いないわよね」

二人の横から、人混みを避けた曳月が近寄ってきて声をかける。

「あの後、林が公園を調べて出たんは数本の人間の骨じゃ。胴体は見つからんかったが、まぁ、被害者は確定じゃろう」

テレビの映像が切り替わり、撮影を終えた彼女が新たに生きていく希望を語るシーンが映し出された。ソファに腰掛けて笑顔を向ける女性。その右手の薬指には、御陵が霊捜研で見た指輪と同じものがはめられている。

「映画でも語られていたが、あの女性は親族もいなかったらしい。そのために、一年近くもの間、行方不明となっても気づかれなかった」

音名井が生ハムの盛られた皿を手にしたまま告げる。食事を楽しむ気にもなれないが、変に目立つのは避けておきたいとのこと。そうでなくとも、パーティ会場にそぐわない格好の御陵と、逆に気合を入れすぎて真紅のドレスで現れた曳月に挟まれては近寄る人間などいるはずもない。

「これで二件目、ね」

曳月の言葉を待っていたかのように、テレビで流されていた映画はシリーズ四作目のものへと替わる。そこには福島県でバラバラ死体となって発見された塚原美奈の姿が映っている。

「そうですね。そして、どちらも『生きている人達』に関連していると解った以上、関係者を疑うべきだと思います」

「そんなこと言うたち、福島の時も、あの小平ゆう監督からは《怨素》は検出されんかったがやろう。まぁ、元より祟り事案やき、死体から《怨素》が検出できんがは道理か」

パーティの空気に慣れようともしない御陵が、音名井の皿から生ハムをつまみ上げて自身の口へと放り込む。

「うむ、美味《うま》い。ええハモン・イベリコじゃ」

「もぉ、清太郎ちゃんってば、お行儀悪いよぉ！　むぅ、それで高潔ちゃん、小平監督の事情聴取もしたんでしょ？」

「それなんですが」

　音名井が皿を御陵に預け、その場で手帳を開いた。

「一作目と二作目に出演した人物は、ともに足取りが摑めています。事件に巻き込まれた様子もないですね。それとまだ詳しくは調べていませんが、過去の出演者は、福島で事件が起こった当時も離れた場所にいたらしく、事件と関わりがないと思われます」

　むぅ、と曳月が喉を鳴らした。

「それなら、事件は三作目に種田さんが出た後から起こってた、ってことなのかな。監督の方の情報はどう？　事情聴取もしたんでしょ？」

　曳月に問われ、音名井が手帳をさらにめくった。

「小平千手、年齢は四十三歳。十年ほど前まではほぼ無名の映画監督だったのが、三十五歳の時に撮った『魚の生』で評価され、数年前から撮り始めた『生きている人達』シリーズで一躍有名監督となった人物ですね。個人的には、その前の『トキヒト』で僕は知ってましたが」

「ああ、主演がアイドルの子じゃった」

御陵の頭が、音名井の手帳によって思い切り叩かれた。

「何じゃ！　捜査に役立つと思って調べただけじゃ！」

御陵に攻撃を加えながら、音名井が控えめに顔を寄せてくる。

「いいか、御陵。先月の事件ではアイドルが関わっていたから、僕の趣味も大いに意味を持ったが、今回は私情抜きでの捜査だ。解ったら、人のいるところでアイドルの話はしてくれるなよ」

「気にすなや。アイドル好きの刑事もおるろう」

バンバンと手帳で御陵の頭をさらに叩きつつ、音名井からは咳払《せきばら》いが一つ。

「ともかく、映画監督としては売れ始めてきたところで、まさにこれからという人物ですね」

「被害者との関係はどうなの？」

「それがどうにも。『生きている人達』シリーズは主演が一般人ですから、特に連絡を取り合う関係でもなかったらしく、今回見つかった種田さんも福島の事件と同様、撮影終了後に別れた後のことは一切知らなかったようです。公園で我々と出会って初めて、あの女性が死んだことを知ったらしいです」

「ありゃ本当に知らんゆう顔じゃ。俺らと会うて話を聞いた後、事実を知ってえらい落ち込んじょったきに」

「小平氏本人も、詳しく話を聞きたいという理由で、僕らをこのパーティに招待したようですしね」

「でもねぇ、事実を知った上で、こうして映画を流しちゃうってのも、なんだか図太いっていうか、いけ好かないっていうかぁ」

いつの間にやらデザート類を皿に山盛りにし、ひょいひょいと口に運んでいく曳月。

「でよ、今まで黙っちょったけど」

「んふふ、おいしい〜」

「俺と音名井は、その小平ゆう男に誘われてパーティに来ちゅうけど、曳月、なんでお前がおるが?」

なんで、と、曳月の方が疑問を投げ返して可愛らしく首を傾《かし》げる。

「だって、美味しい料理食べられるんでしょ？　これは来なきゃだよ！　ほら、清太郎ちゃんもケーキ食べよ。あーん」

フォークを向けて笑顔で迫る曳月に対し、御陵がドレス越しに腰の肉を思い切り摘《つ》まみ上げる。

「いたた！　痛い！　解ったわよ、本当のこと言うからぁ」

「すっと言えや」

「フフ、私ってばほら、新興宗教マニアでしょ？　イケメン教祖とか大好きな人間じゃないの。そんな私が、って、いたたた！　まだ話してる途中！」

もう、と口を尖《とが》らせ、曳月が手にしたフォークで会場に集まる何人かの人間を指し示した。

「あそこにいるのが〈希望の家族〉の教祖、あっちは〈霊心教会〉の主宰で、隣で話してるのが〈霊気の教え〉の教祖。他にも霊能者がよりどりみどり」

「ああ、ほいでこの店に変な霊子の集まり方しちょったがか」

「清太郎ちゃんは同じ霊能者だけど、新興宗教系は関わりがないから知らないかもね」

曳月が指し示す人間達は、いずれもパーティに相応《ふさわ》しいスーツやドレスで着飾っているが、よく見れば半袈裟《はんげさ》をつける者や念珠を手首に巻いている者がいる。

「私はウィスパーやSNSで色んな教祖さんをフォローしてて、それぞれの動向を追ってるんだけどね、それが揃いも揃って、今日はこの小平監督のパーティに招待されてるらしかったの」

「そりゃ、どういう了見じゃ」

「うーん、私も詳しくは解んないけど、小平っていう人はどうにも、新興宗教系の霊能者の人と関わりがあるっぽいの。私はそれが気になって、確かめに来たんだけど――」

そこで曳月が固まり、直後には「きゃあ！」と一声、鼻息荒く御陵の肩を叩き始める。

「ねぇ、見た⁉ あそこにいるの〈星知《せいち》の光〉の教祖様だよ！ え、嘘《うそ》、顔出ししてないけど、あれって〈高霊神会〉の教祖様なの？ ええ、嘘、サイン、サイン貰ってこなきゃ！ ムハッ！ 美少年教誨師《きょうかいし》の堀十聖《ほりじゅうせい》君もいるぅ！ じゅうせいクーン！」

曳月は喜色満面の様子で、御陵と音名井を無視して走り出す。やがて霊能者が集まる一角に紛《まぎ》れ込み、そのまま奇声をあげて人混みの中へと消えていった。

「アイツ、本当に捜査のために来たがか」

「いや、知らん。僕に聞かないでくれ」

呆《あき》れ返った二人が、それぞれ長い溜め息を吐いた。

「それにしても、これだけ多くの霊能者が小平と関係しているのは確かに驚きだ。僕の専門じゃないが、御陵、お前から見てあの『生きている人達』に霊能力が関わる場面はあったか？」

「そりゃ、例の七日目に死ぬゆう呪いじゃろう」

自身で言ってから、御陵はあの池の近くで発見された骨に残っていた呪術の影を思い出した。

「あの呪いは、一体なんじゃ」

何気なく御陵が呟いたところで、唐突にワイングラスが差し出された。

「それは私から話しますよ」

御陵が顔を上げると、そこに両手にワイングラスを掲げながら陰気に笑う男――小平千手がいた。

「アンタは、小平、監督か……」

「すいませんね、刑事さん。お話ししたいと呼んだにもかかわらず、人に捕まってしまい、なかなか話しに来られず」

「いいえ、構いません」

音名井は小平からワイングラスを受け取りつつ、簡単に社交辞令を交《か》わしていく。

「何かあったのなら、いつでも言ってください。捜査にも協力します。私も何があったのか知りたいんです。あの塚原さんだけでなく、まさか種田さんまで亡くなっていたなんて……」

そう言ってから小平はにわかに目頭を押さえた。見れば、その場で静かに嗚咽《おえつ》を漏《も》らしていた。

「あの人達は、私の映画を通じて、生きる希望を見出《みいだ》したんです。死んでもいいと思っていた彼女らが、また生きたいと言ってくれたんですよ。それが、そんな、なんで……」

その余りの様子に、御陵が何かしら声をかけようとしたが、それは横から音名井に制止された。

「小平さん、悲しむのは後にしましょう。僕らも捜査を通して、彼女らの無念を晴らします」

音名井からの言葉に救われたのか、小平は顔を上げて目元を拭《ぬぐ》った。それから笑顔を作ると、もう一つのワイングラスを御陵へと差し出す。

「そうですね。それで、少しでも情報があった方が良いのでしょう。例の呪いについて刑事さんが不思議に思っているのも解ります」

「ああよ、七日目に死ぬゆう呪いじゃ。丑《うし》の刻参りで呪った相手が七日目に死ぬゆうがは聞いたことがあるけんど、あんな形のモンは知らん」

御陵も受け取ったワインを飲み干してから、力なく微笑む小平を見返した。

「あれはオリジナルのものです。映画を撮影するに当たって、リアリティを求めて特別に作ったんですよ。その際、沢山《たくさん》の霊能者の方にアドバイスを頂いたんです」

そう言って、小平は会場に集まった霊能者達を順に見回していく。この場に集められた者達は、全て彼の映画のアドバイザーとして関わっているのだろう。

「七日目に死ぬ呪いといっても、本当に死ぬわけはありません。そういった危険がないように、霊能者の方達にも協力して貰っているのですから」

「ほいたら、あれは何ちゃあ効果がない偽物ゆうわけか」

「いいえ、全く効果がないわけではないです。あれは七日目に出演者が霊の姿を見るようになる、そういう呪術なんです」

幽霊を見る、と音名井の方がその言葉を繰り返していた。

「映画では合成映像を使ってるんですが、出演者のリアルな反応が欲しかったので、実際に幽霊を見るような呪術を作ったんですよ。あの映画で出演者が幽霊を見たリアクションはまさしく本物なんです」

御陵は霊捜研で吾勝が言っていたことを思い出す。幽霊は五感に作用し、その人物にのみ特定の姿が見えている。撮影を担当していた小平には見えずとも、呪術をかけられた出演者には実際に幽霊の姿が見えていたのだろう。

御陵が思案していると、ここで会場の人混みの方から素《す》っ頓狂《とんきょう》な声が響いた。声の主のことを思い出し、御陵と音名井がそれぞれ苦い表情を浮かべる。

「清太郎ちゃーん！　高潔ちゃーん！　見てみてぇ、可愛い子発見したのぉ！」

並み居る霊能者達をうろたえさせながら、曳月が一人の少女に抱きついてやってきた。

「あのねぇ、この子ねぇ、秋子《あきこ》ちゃんって言うのぉ。次の映画の主役なんだってぇ」

酒臭い曳月にまとわりつかれながら、少女は御陵と音名井に向かって深く頭を下げた。

「葛城《かつらぎ》秋子です。小平監督の次の『生きている人達』で主役を務めることになりました。ですよね、監督」

華奢《きゃしゃ》な体に潑剌《はつらつ》とした笑顔。巻き髪にドレスと、装いは大人びたものにしているが、まだ場慣れしていないようで、それが微笑ましく思えた。

「改めて宜しくね、秋子ちゃん。こちら警視庁の音名井さんと、ええと」

「心霊科学捜査研究所の御陵じゃ。そっちでアンタに迷惑かけゆう女も、一応は俺の上司よ。酒癖《さけぐせ》が悪いき、許しとぉせ」

御陵と音名井がそれぞれ挨拶《あいさつ》を済ませると、葛城は至って優しい手つきで、今にもキスしようと迫る曳月を引き剥《は》がして床へと置いた。

「大丈夫ですよ。曳月さん、とても面白い方で、私が大人の人に囲まれて困っているのを助けてくれたんです」

「秋子ちゃあん、好き好きぃ」

大人としての威厳《いげん》をかなぐり捨てた曳月を尻目《しりめ》に、葛城は撮影のことで話があると言って小平を連れ出そうとする。小平の方も御陵達に断ってから、その場を辞すことを選ぶ。

立ち去る前に頭を下げた葛城に対し、御陵は何も言わず、ただ奇妙なものを見るような視線を送った。

「あの、どうかしました?」

「いや、アンタ、もう撮影はしゆうがか」

「そうですよー、一昨日からクランクインしてて、今日の午前中も監督と一緒に撮影してたんです」

その答えを最後に、小平と葛城は二人して会場の人混みの方へと消えていった。

「どうしたんだ、御陵。今の質問は？」

酔っ払ったままの曳月を脇《わき》へどかしながら、音名井が尋《たず》ねかける。

「ああ、大したことやないき。ただちくと呪詛の臭いがしたかよ。それも例の七日目に死ぬゆう呪いじゃろう」

「なるほど、今の彼女も撮影中なら、その呪術をかけられているというわけか」

御陵がパーティ会場を見渡す。既に小平も葛城も姿は見えない。それでも何か、御陵の心中にしこりのように残るものがある。

その時、御陵はにわかに顔を曇らせた。

――おんまかやしゃ。ばざらさとば。

耳をそばだてる。何か異様な空気を感じ取った。

「御陵？」

会場に溢《あふ》れる声の中で、それが僅かに聞き取れた。

――じゃくうん。ばんこく。

御陵は身を固くし、その声が聞こえる方を探す。

「呪詛の文言じゃ。例の呪術を、今この場でかけゆう人間がおる」

「なんだって？」

それに気づいた時には、既に小さな声は会場に溢れる喧騒《けんそう》に紛れて消えていた。

「何ちゃあ危険がない呪詛、そんなモンがこの世にあるかよ」

御陵は、この場に集まった無数の霊能者が放つ、異国の芳香にも似た、奇妙な霊子の群れを感じ取っていた。

4.

よっ、と、御陵が背の荷物を背負い直した。

「御陵さん、大丈夫ですか？」

街灯と飲み屋の灯《あか》りが柔らかく夜道を照らしている。隣を歩く葛城からは労《いたわ》りの声。御陵は力強く頷くと、もう一度背に掛かる重みを支え直した。

「なんだか送って貰っちゃってごめんなさい。一人で帰るのは不安だったもので」

「かまん、俺もコイツを連れ帰らんといかんきに」

御陵が首を傾げる。すっかり酔い潰れた曳月が、御陵に背負われながら寝息を立てていた。

「曳月さんって、面白い方ですよね」

「今日らあ酷いモンよ。追っかけしゆうイケメン教祖やらを見つけてはサインをねだりよったぜ」

葛城から快活な笑い声が返ってくる。そして背中からは、輪をかけて愉快そうな寝息も聞こえてきた。この状況に僅かながら慣れてしまった自分を、御陵は情けなくも思う。

「それよりアンタ、例の呪術ゆうがは、どうかけられたかは知らんが？」

「あ、そうでした、その話でしたね」

ふと気づいたように葛城が顎先に指を当てる。

「監督が言うには、私は既に七日目に死ぬ呪いがかかってるらしいんですけど、特に実感はないですね。撮影初日に一応、霊能者の方が来て、それっぽい仕草《しぐさ》をしたんですけど、それはフリだけだって言われましたし」

「その術をかけた霊能者、覚えちゅうかね？」

「う ー ん、それがですね、撮影の時に都合のつく霊能者の方を呼んでいるだけらしくて、監督が言うには誰でも良いらしいんですよ。特に興味もなかったし、忘れちゃいました」

あっけらかんと言い遂げる葛城に対し、御陵の方は眉を下げて力なく息を吐いた。

「アンタ、随分と剛毅《ごうき》じゃのう。これまでの主演の人間とは大違いよ」

「そうですか？　まぁ、これまでの『生きている人達』シリーズって、主演の人が誰も彼も暗かったじゃないですか。それが少し気に食わなかったんで、じゃあ私は思い切り明るくやってやろうかな、って。七日目に死ぬ呪いも、バッチこいって感じですね」

それを聞いて、御陵からも思わず笑いがこぼれた。

「もしかしたら私、今までの主演の人とは違うのかもしれません。今までの人って、何だか生きる希望をなくしてて、それを取り戻すために映画に出たって感じなんですけど、私はそういうのとは違くて、単純に小平監督のファンで映画に出たかったんです。今回も私の方からどうしても出たいってオファーを出して、特別に撮って貰ってるんですよ」

「アンタはあの小平と随分と親しげやったけど、元から知り合いやったが？」

「そうです。私、小平監督が主宰する〈サバイバーズ〉っていう自助グループの一員で、これまでの主演の人も、全部この会に入ってた人から選ばれてたんですよ」

「自助グループゆうがはなんじゃ」

「心に傷を持った人達がお互いに自分の経験を話して、その痛みを分け合うっていうようなグループです。小平監督も本当はそっちの活動が主なもので、映画はそこから派生したものだったんです」

ああ、と御陵が納得の声をあげる。

これまでの事件で亡くなった二人の女性は、いずれも過去の事故などで自分の人生に悩みを抱えていた。小平はそういった人間を集め、カウンセリングの一環として、映画を通じて生きる希望を与えようとしていたのだろう。

「私もグループに入った時には、それなりに悩みがあったんですけど、今はすっかり傷も癒《い》えました。これも小平監督がグループを作ってくれたからです」

そこまで言ってから、葛城はいくらか顔を伏せ「それに」と小さく呟いた。

「私が出たいって言ったのは、ちょっと特別な事情があるんです。私が出ることで、監督に恩返しができれば、って」

葛城の明るい雰囲気に影が差す。御陵がその理由を問おうと口を開いたが、次の合間には葛城は再び快活な笑みを浮かべていた。

「なんちゃって！　今の映画女優っぽく無かったですか？　監督が撮りたいのは素の私かもしれないですけど、そこはそれです。私は未来の大女優目指して、演技の勉強中なんですよ」

それから葛城は、いかに小平千手という男が素晴らしいかを誇張《こちょう》混じりに話していた。半《なか》ば冗談《たわい》であっただろうが、そこには確かに信頼の情が感じられた。

そうして他愛ない会話を続けていると、やがて大通りに出た辺りで葛城が足を止めた。

「それじゃあ私は地下鉄に乗るんで、ここで大丈夫です。御陵さん、本当にありがとうございました」

「いや、俺こそ楽しゅう話せたぜ」

「良かったら今度、小平監督のグループに来てみてくださいよ。ちょうど明日あるんで、そこでもっと色々話したいです」

そう言ってから葛城は手を振って去っていく。御陵も手を振り返そうと思ったが、背中で眠りこけている曳月を思い出し、手を離すことを諦めた。

御陵は曳月を背負い直し、再び歩き始める。街の灯りとタクシーのヘッドライトが交互に顔を照らし出した。背の重みを改めて感じ、深い溜め息を漏らす。

「んふふぅ、清太郎ちゃん、お仕事ご苦労様」

突如として背中から聞こえた声に、御陵は苦い顔をする。

「起きちゅうなら、早《はよ》う降りや」

「やぁだぁ、清太郎ちゃんの背中って寝心地最高なんだもん」

御陵は両手を離し曳月を路上に捨て置こうとする。しかし必死にしがみつかれたために、仕方なしに舌打ちと共に再び手を添えた。

「うわぁ、本気の舌打ち」

「駅までじゃ。それでも離れんかったら振り落とすきに」

「それでもいいよん、大好き大好き〜」

御陵は渋面を作ったが、頬《ほお》を擦《す》りつけてくる曳月には見えない。

「それにしても清太郎ちゃん、あの子のことちゃんと送ったんだね」

「音名井の奴からも言われちゅうき。次の事件に関わりがあるかもしれんき、目を離すなゆうて」

「そうねぇ。それで高潔ちゃんの方は会場に残って、今回の撮影に参加した人達の方を調べてる。うんうん、刑事、刑事っぽいぞ」

「刑事ゆうなら、さっき葛城が言いよった〈サバイバーズ〉を調べに行くのも悪うないな。音名井は警戒されるろうし、俺らで見て回るのも——」

曳月に同意を求めた御陵だったが、彼女が再び寝息を立て始めているのに気づいた。勝手気ままな上司の様に、御陵は繰り返して溜め息を吐く。

奇妙な事件が起きているのは確かだった。

同じ霊子を持ったバラバラ死体。年齢も住所も異なる被害者を結ぶ唯一の線が『生きている人達』という映画。七日目に死ぬ呪いと無数の霊能者。小平千手という男が、これらの事件に関わっているのは確かだが、未《いま》だに解らないことは多い。

祟りという姿の見えない敵に対峙する。そのことを意識し、御陵は決意を新たに夜の街を強く睨《にら》んだ。

「ごめんね、セイちゃん」

ふと背の方から漏れる優しげな声に、御陵は不思議な感慨を得る。寝言だったか、何か意味を込めたのか。それを確かめる気力も今はない。ほんの少し楽になるようにと、背負い直して足を進める。

そんな気遣《きづか》いを見せた矢先だった。

「清太郎ちゃん」

「なんじゃ」

「気持ち悪いです」

唐突な告白に御陵は頬を引きつらせ、無慈悲に両手を離した。すとん、と、その場に落ちた曳月が顔を青ざめさせている。

「ごめんね、多分、吐きます」

「おい」

「十秒後くらい」

「おい」

御陵は音名井を呼ぶべきだと判断した。助けを求めるのではなく、一刻も早く連行すべきだと思った。この女は野放しにしてはいけないし、酒を飲んだ後に一緒に帰ってもいけない。

やがて夜の街に、キラキラしたものが舞った。

第二章――サバイバーズ

1.

渋谷区《しぶや》の公民館、その貸し会議室の隅で御陵《みささぎ》と曳月《ひきつき》が窓の外の風景を眺《なが》めていた。

「やな天気ねぇ」

梅雨時《つゆどき》の空は暗く重く、先程まで降り続いていた雨はやんだものの、未だに雨滴が窓に幾条かの軌跡を作っている。

「こっちの雰囲気は、やけに明るいんだけどねぇ」

部屋のあちこちで椅子を寄せて語り合う人々を見回し、曳月がどこか羨《うらや》ましそうに呟く。彼女がアンニュイな雰囲気をまとっているのは、二日酔いで現在も頭痛と闘っているからだろう。

「そう悪いモンでもないぜ。ああして集まって話しゆうだけでも、なんか救われることもあるろう」

この場に集められた人々こそ、小平《こだいら》が主宰する自助グループ〈サバイバーズ〉の参加者達。それぞれの辛い経験を話し合い、お互いに許し合うことで過去を乗り越えようというのだという。

「俺はあの葛城《かつらぎ》に誘われただけやき、詳しいことも知らんし、あえて話すような過去もない。ほいでも捜査に必要なことじゃろう」

「まぁねぇ。清太郎《せいたろう》ちゃんが捜査のために参加を決めたのは偉いと思うよ。でも私は、こういう雰囲気は慣れないというか、慣れすぎちゃってるというか」

「なんじゃ、可笑《あやか》しいこと言いよって」

御陵がなんとはなしに曳月の肩を小突くと、反撃されるでもなく、ただ力ない頷きだけが返ってきた。

「うん。ほらね、私って新興宗教マニアでしょ」

「最悪の趣味じゃな」

「もう、茶化《ちゃか》さないで。でね、そういう新興宗教って、信者同士で話し合うカウンセリングみたいなことをする場合があるのよ。まさしく自助グループね。それが悪いってんじゃないけど、私はそういうのにあまりいい思い出がなくて」

憂鬱そうに目を細める曳月からは、普段の呑気《のんき》さが——二日酔いなのを差し引いても——感じられない。御陵はそれが気にかかったが、何かを言うより先に周囲の人達から歓声が起こったことで有耶無耶《うやむや》になってしまった。

「小平監督が来たみたいね。ほら、こうして出迎えられる姿なんて、新興宗教の教祖みたい」

どことなく敵愾心《てきがいしん》を覗かせる曳月の言葉。彼女の視線の先に、部屋に入ってきた小平千《せん》手《じゅ》と葛城秋子《あきこ》、そして車椅子《くるまいす》で移動する一人の少年の姿があった。

「皆さん、遅れてすみません。秋子ちゃんと飯山《いいやま》君を迎えに行ったら雨に降られてしまって」

申し訳なさそうに頭を掻《か》く小平に、周囲の人々は明るい笑顔を浮かべて次々に言葉を浴びせる。その少し後ろで、濡れ髪の葛城が御陵達に手を振っていた。

「今日は特別なゲストで、御陵さんと曳月さんをお招きしました。お二人は心霊科学を専門にしてらっしゃいますので、ぜひ皆さん、彼らとも存分にお話ししてみてください」

小平からの紹介を受け、御陵達も一礼を返してから用意された椅子に腰掛けた。その横の空いたスペースに車椅子が収まり、先程の少年が人懐《ひとなつ》っこい笑みで御陵に会釈を送る。

「飯山紋《あや》です。今日は宜しくお願いします」

細身の体に甘い笑顔、中性的な雰囲気をまとった美少年。小平や葛城と同様に髪を乾かしたばかりなのか、目元にかかる前髪が艶《なま》めかしく映える。

「霊捜研……、ああ、いや、陰陽師の御陵清太郎じゃ」

今回は霊捜研の所員であることを殊更に言わないよう、曳月と事前に取り決めていた。

そのための挨拶だったが、周囲の人達にとっては思わぬ経歴だったのか、一様に驚いた表情が返ってくる。

「御陵さんって陰陽師だったんですか？　霊能力者の？」

飯山を挟《はさ》んで反対に座る葛城が興味深そうに御陵の方を見た。飯山の方もまた、食い入るように御陵の顔を見つめてくる。どう紹介したものか、御陵が悩んでいると向かいに座る小平から助け舟が出された。

「私も昨日聞いたばかりで驚いてるんですが、御陵さんは昭和の大霊能者である覚然坊阿《かくねんぼうあ》闍梨《じゃり》のお弟子さんだそうで。ああ、覚然坊阿闍梨を知らない人もいるか。まぁ、とにかく凄い人なんですよ」

さすがに多くの霊能者と関わりのある小平は、御陵の師についても知っているらしかった。しかし改めてこうした場でその名を出されると、御陵もいくらか気恥ずかしく思う。

「それで御陵さんに曳月さん、お二人は初めて参加されるので、この会について説明したいのですが、宜しいでしょうか？」

御陵と曳月が頷くのを見て、小平が力強く朗々と説明を始める。その姿は、初めて公園で出会った時の弱々しい印象とは打って変わって、まるで政治家かオペラ歌手のように見えた。

「まず、この〈サバイバーズ〉という会の名前の由来ですが、お二人はサバイバーズ・ギルトという言葉をご存知ですか？」

御陵は首を振り、横に座る上司の方を見る。曳月は足を組み替えながら、小さく息を吐いて答えた。

「生存者の罪悪感《サバイバーズ・ギルト》。事故や災害で生還した人間が、自分だけが生き残ったことに対して感じる罪の意識」

「そうです、さすが曳月さんだ。その名の通り、私達〈サバイバーズ〉のメンバーは全員、サバイバーズ・ギルトに悩んでいる人達なんです」

小平の説明を受けて、御陵はこれまで『生きている人達』に主演してきた人間達のことを思い出す。交通事故で、あるいは災害で、奇跡的に生き残ったというのに、自分だけが生きていることそのものに絶望していた人達。

「私自身、数年前に交通事故に遭って大切な人を失いました。その時、どうして自分が生きているのかに悩んでいたんです。そうした時、同じような悩みを抱えた人達が多くいることを知り、互いに話し合うことで少しでも痛みを取り除けたらと思い立ち、この会を設立するに至ったんです」

小平の説明に周囲の人々が深く頷く。一部の人間は、どこか陶酔するようにその言葉に聞き入っている。

「生きていることを罪に思う。そんなの間違ってるじゃないですか。生きていていいんです。事故や災害で多くの人達が犠牲になったのなら尚更《なおさら》、生き残ったことを誇るべきなんです。生きることが叶《かな》わなかった他の人達のために、強く生きなくてはいけない」

いよいよ熱の籠《こ》もった小平の弁舌に、一部の参加者は目に涙を溜めるほどであった。御陵は特に何も思わなかったが、隣の曳月の方はあからさまに不機嫌になっているのが解った。

「私は当初、参加者同士で話し合うことを中心にしていましたが、後になって心理劇《サイコドラマ》という心理療法があることを知りました。これは参加者が劇を通じて、達成できなかった目標や乗り越えたい過去を擬似的に再現して克服するものだそうで、私は映画監督という立場もあり、この手法を映画で使うことにしました」

「なるほど、それが『生きている人達』ゆうわけか」

御陵からの相槌《あいづち》に、小平は快哉《かいさい》を叫んで手を打っていた。

「まさしく。彼らは映画の中で死ぬことで、生き残ってしまったことの罪悪感を帳消しにして、新しい人生を送ることができたんです」

そう語る小平の顔には微塵《みじん》も不安を感じられない。その出演者に待っていたのは新たな生ではなく、不条理な死であった。その事実から目を背けるように、小平は自らの夢を語っていたのだ。

「それで映画を撮って、広く評価もされてはいるんですが、あくまでも私にとって重要なのはこの会です。それでどうかな、今回の映画の主役を務める秋子ちゃん。今日は君が話すというのは」

小平が振ると、葛城は少し迷ったような素振りを見せてから、それでも楽しげに手を上げてみせる。

「それじゃあ、今日は私が話します」

それを聞いた小平は、ここから先を映画に使うと言ってハンディカメラの準備を始めた。僅かに訪れた雑談の時間に、御陵は隣で目を瞑《つむ》っている曳月の耳をつまんだ。

「こぉら」

「起きちょったか。まぁええ、聞け」

どこか悪戯《いたずら》っぽく、御陵が得た発見を曳月に耳打ちしていく。

「あの小平ゆう男、なかなかに面白い。あの喋《しゃべ》り方、ありゃ霊能者と同じじゃ。新興宗教の教祖らと親交があるがやろう。ほんなら、あの喋りはそこから学んだモンにかぁらん」

「それは、まぁ……。私も既視感があったけど」

「なんじゃ、奥歯に物が挟まったような言い方して」

思いの外に素《そ》っ気《け》ない曳月の態度。御陵もその表情に何かを感じ取ったが、先に小平の方で準備が整ったらしく、それ以上の会話は控《ひか》えることにした。

「それじゃあ、秋子ちゃん。君が過去に経験した辛い出来事を話してくれる？　大丈夫、この会の人達は皆、君のことを受け入れてくれるよ」

カメラを構える小平に合わせて、葛城は一度だけ小さく笑うと、次には胸に手をおいて言葉を重ねていく。

「この会で何回か話してることかもしれませんが、私には弟がいたんです。でも今はいません。死んじゃいました」

葛城のその言葉に、それまで遠くを見ていた曳月が振り返っていた。何か驚いたような表情で、言葉を続ける少女の方を見つめている。御陵はその様子が気にかかったが、今は葛城の話に耳を傾けることにした。

「弟は春生《はるお》っていいました。私が秋生まれで秋子、弟は春に生まれたから春生。嫌になっちゃうくらい単純な名付け方ですよね。それで、私が十二歳の頃まで弟は生きてました」

「弟さんはどうして亡くなったのかな。事故に遭《あ》ったのかな」

事情は知っているであろう小平から質問が飛ぶ。恐らく、映画で使うために改めて聞いているのだろう。

「病気です。遺伝性疾患で先天的に体が弱かったんです。そしてそれは、私も同じでした」

葛城が何かを示すように、自分の腹部に手を添えた。

「私と弟は同じ病気にかかっていて、二人とも長くは生きられないはずでした。でも私は違ったんです。私は十歳の頃、運良く移植手術を受けられた。そうして私は命を貰いました。その時の私は喜びました。これでもっと生きられるんだ、もっと弟とも遊べるんだ、って。だけれどそれは違ったんです」

葛城が言葉に詰まる。やがて何かを振り切って頭を上げ、訴えかけるようにカメラに顔を向ける。

「弟は助からなかった。私が手術を受けた時と同じ十歳で死にました。本当なら私も、弟と同じ歳《とし》には死んでいたのかもしれない。だけれど私は助かった。運が良かったから。でも何度も悩みました。私じゃなくて弟が手術を受けていれば良かったんじゃないか、って」

「それが秋子ちゃんの罪悪感なんだね」

「そうですね。中学生になって、ずっと悩んできました。私はどうして生きてるんだろう、って」

そこまで言ってから、途端に葛城は表情を明るくし、どこか浮ついた様子でカメラ越しに小平を見た。

「その時に私を救ってくれたのが、小平監督の映画でした。四年前に監督の『生きている人達』の第一作を見て、私も生きていていいんだって思いました」

「ああ、ありがとうね。でも参ったな、そんな風に言われると宣伝みたいだからカットしなきゃ」

「あ、ごめんなさい。でも本当なんです。私は監督の映画を見て、生きる希望を取り戻したし、この会に参加するようになって、本当に救われたんです」

葛城はそこで、隣にいる飯山の肩に抱きついた。

「それに！　ここに来たから、私はあーちゃんにも会えましたし！」

唐突に雰囲気を違えた葛城に、これまで真剣に聞いていた参加者達も、どこか緊張がほぐれたように小さく笑いあった。

「おいおい、ノロケは控えておくれよ。恋愛映画を撮るのは苦手なんだからね」

「はぁい、ごめんなさーい」

明るく返す葛城に小平も微笑み、なすがままにされている飯山少年も困り顔ながら優しく彼女の手を取った。

「なんじゃ、二人は付き合いゆうがか」

思わず会話を遮《さえぎ》った御陵だったが、自分にカメラが向けられたことで咄嗟《とっさ》に身構えてしまう。すっかり忘れていたが、この一連の流れが映画となるのだ。よもや使うことはないだろうが、自分が映画に出ることなど考えたくもない。

「そうなんですよ、私とあーちゃんはこの〈サバイバーズ〉で出会って、今は恋人同士なんです」

気軽な調子で葛城が続けたことで、幸いにも御陵がこれ以上何かを言う場面も訪れず、カメラは再び彼女の方を向く。

「そういうわけで、これが私の抱えてきた罪悪感です。でも正直言って、今はそんな風に感じてないんです。私は本当に小平監督と、この会に救われました。新しく大事な人もできたし、これからは胸を張って生きます」

「そうか、それじゃあ秋子ちゃんは七日目に死ぬ呪いも怖くない？」

「全然！　もし本当に死んでしまうのだとしても、私はそれに見合った生き方をしてきました。生きていることの罪、その罰のために死んだとしても、後悔はありません」

大きく言ってのけた葛城に、他の参加者から拍手が送られていた。御陵も会の雰囲気には未だ馴染《なじ》めないが、その毅然《きぜん》とした態度には賛辞を送ろうとすら思えた。

「それじゃあ、ここで秋子ちゃんの話について皆さんから何かアドバイスや言いたいことはありませんか。いや、アドバイスは必要ないかな。でも言いたいことはあるんじゃないですか」

そうして小平は何かを見据えて、カメラをゆっくりと御陵達の方へと向けた。

「例えば、そこでさっきから不機嫌そうな顔をしてる曳月さんとか」

小平からの言葉を受け、御陵は隣に座る曳月を見る。そこにあるのは、今まで見てきた彼女からは想像もできない表情。怒っているのか、悲しんでいるのか、ただ唇を真横に結んで目を瞑っている。

「特にありません」

やけに険のある言い方に御陵が鼻白む。こういう場面では御陵の方が、常識知らずやら、空気が読めないやらと――主に音名井《おとない》に――罵倒《ばとう》されるのが常だが、この時に限っては曳月の態度の方が余程に不自然だった。

「それと、ごめんなさい。体調がすぐれないので、今日はこれでお暇《いとま》させてください。せっかく呼んで貰ったのに申し訳ないですが」

言うが早いか、曳月は手荷物をまとめて席を立つ。唐突な行動に一同が面食らっている中、ハイヒールの音を響かせて曳月が部屋を出ていく。残された御陵の方に視線が集中したが、それにはあずかり知らぬという意味を込めて手を振って答える。

「まぁ、なんじゃや。ツレが迷惑をかけた。許しとぉせ」

こうなっては、この場に残ることもできないと思い、御陵は深く一礼してから席を立つ。

「あの、御陵さん。私、何か曳月さんを怒らせるようなこと言っちゃったんでしょうか？」

部屋を出ようとする御陵に、葛城が不安そうに声をかけた。無用な心配をさせることもないと思い、御陵は朗らかに笑ってみせた。

「すまんな、ありゃ二日酔いじゃ」

葛城も昨日の様子を知っているだけに、その一言で十分に安心したようだった。優しく微笑みを返して、曳月への御礼《おれい》と労りを伝えて欲しいと言い添える。

「御陵さん、私の方もご迷惑をかけたのなら謝ります。でも宜しければ、またきちんとお話を聞かせてください」

背後からの小平の声に答えてから、御陵も曳月の後を追って部屋を出ていく。

2.

結局、公民館を出るより先に曳月と合流した御陵だったが、それでもこの状況を打破できずにいた。

「何を怒っちゅう」

「怒ってないもん」

化粧を直すと言って曳月が女子トイレに籠もってから数分。業を煮やした御陵が外から大声で呼びかける。

「怒っちゅう」

「怒ってないってばぁ！　もう、それよりトイレにいる人に声かけないでよぉ。デリカシーがないよ！」

そう言われては立つ瀬がない。小さく舌打ちをして、御陵が女子トイレの前から離れようとする。

「あっ！」

不意の声に御陵が足を止めた。

「待って待って清太郎ちゃん、今のってなんか痴話喧嘩《ちわげんか》っぽくない？　ねぇねぇ、もっかいやろ！」

心配するだけ無駄だった。そういった思いを込めた舌打ちを残し、御陵がその場を立ち去る。

しかし、これで元の貸し会議室に戻るのもばつが悪い。仕方なく一服しようと待合スペースに向かったところで、予期せぬ出会いが訪れた。

「あ、御陵さん、でしたか」

自販機の前で、車椅子に乗った少年が難儀そうに身を屈めている。小銭を落としたのか、床に落ちたそれを拾い上げようとしていた。

「アンタは、飯山やったか」

御陵が丁寧に小銭を拾って手渡すと、飯山は優美な調子で礼を伝えてきた。物のついでと、御陵は少年の分の飲み物も買おうと自販機に手を伸ばす。

「面倒をかけたき、迷惑料じゃ」

「あ、いいんですか？ ありがとうございます」

飯山から花の咲いたような笑顔が返ってきた。未だ子供らしい無垢《むく》な笑みに、思わず御陵も顔を綻《ほころ》ばせた。

「あっちに帰らんでええがか。アンタの恋人も待ちゆうろう」

「大丈夫ですよ、今は休憩中です。それに秋子さんは撮影の準備もしてるし」

備え付けられたソファに移動し、飯山の横で御陵も缶コーヒーを口に運ぶ。その様子を見ていた飯山が、興味深そうに口を開く。

「ところで御陵さんって、本当に陰陽師なんですか？」

「ああ、陰陽師もコーヒーを飲むぜ。東京に来てからは、コーヒー屋の洒落《しゃれ》たカフェモカやらも飲んだちや」

おどけた調子で答えた御陵に対し、飯山は心底おかしそうに笑った。

「ふふ、違いますよ。僕はそういうことを言いたかったんじゃなくて、陰陽師の人って初めて会うんで、少し話をしてみたかったんです」

ああ、と御陵が納得の声をあげる。連れ合いが戻ってくる気配もない。この一本分くらいは、少年と付き合うのも良いだろう。

「陰陽師ゆうたち、俺は野良よ。京都らあにおる由緒ある霊能者らとは違うきに、そう期待せんとってくれよ」

「いえ、そんな。僕にとっては霊能者の人って凄いんだろう、ってことしか解らないですし」

そう言って飯山は、緑茶のペットボトルを握りしめたまま、ふと真剣な表情を作る。

「あの、御陵さんは死んだ人間が蘇《よみがえ》ることって本当にあると思いますか？」

唐突な飯山からの質問に、御陵は口から缶コーヒーを離して、いくらか悩む素振りを見せた。

「変なこと聞いて、ごめんなさい。でも陰陽師の人って蘇りについて詳しいかと思って」

「ああ、安倍晴明《あべのせいめい》の話じゃろう。陰陽道のライバルである蘆屋道満《あしやどうまん》に殺された晴明が、師匠の伯道上人《はくどうしょうにん》が術で蘇ったちゅう伝説よ。けんども、そりゃ伝説よ。一度死んだ人間が、元のまま蘇ることらあ、陰陽師の俺でもよう信じん」

御陵が気軽な調子で言うと、それを聞いた飯山の方は表情を崩さずに、何かを悲しむように目を伏せた。

「やっぱり、そうですよね。僕も小平監督の知り合いの霊能者の人に同じことを聞きました。でも皆、そんなことはあり得ないって」

「なんじゃ、わけありか」

飯山は息を短く吐いてから、車椅子の上に収まった自分の足を撫でる。

「僕は、死んだ人間が生き返ることもあるって信じてます」

それは決して希望に満ちた言葉ではなく、何かを憎むような薄暗い感情の込められたものだった。

「あの男は生き返ったんです」

その目に深い怒りの色を滲《にじ》ませつつ、飯山は動くことのない自らの足をさする。相対する御陵は、少年の鬼気迫る口調に小さく唸《うな》っていた。

「あの男ゆうがは、アンタのその足と関係あるがか」

「そうですね、十年前に起きた事件が元で」

そう言って、飯山はどこか自嘲《じちょう》するように口を開いた。

「あの日、僕の家族はあの男に殺されたんです。強盗目的で家に押し入って、寝ていた両親と祖母を刺し殺しました。僕もナイフで腰を刺されて、その時の傷が元で両足は動かなくなりました」

ことなげに飯山は自らに起きた悲劇を語る。対する御陵は言葉に詰まり、喉《のど》を鳴らすことしかできない。

「これ、横浜《よこはま》一家惨殺事件って言って結構ニュースにもなったんですけど、知りませんか?」

「すまん。その時期は東京におらんかったき、世間のニュースには疎《うと》い。けんどそりゃ

「……、いや、俺からは何ちゃあ言えん」

御陵は目を伏せ、申し訳なさそうに麦わら帽子のつばを下げた。

「良いんですよ。僕も昔は、このことに触れられるのを避けてましたけど、今は〈サバイバーズ〉の人と話すようになって気が楽になりました。むしろ僕の方こそ、反応に困ることを言ってしまってごめんなさい」

飯山が抱えてきた苦しみ。家族を失い、それでも自分一人が生きていることの罪悪感。それもまた、小平の主宰する会によって緩和できたのなら。

「けんどよ、あの男が生き返ったゆうがは何じゃ。それはアンタの家族を殺した犯人ゆうことか」

「そうです。僕の家族を殺した男は、その後、警察に捕まりました。裁判の結果、その男は当然のように死刑になって、既に執行も終わりました。だから、その男はこの世にはいないはずなんです」

飯山が薄ら笑いを浮かべる。目を細めて、身に迫る恐怖を誤魔化すように、ただ笑っていた。

「でもきっと、あの男は蘇ったんです。そして、あの男は僕に復讐《ふくしゅう》しようとしているんだ。だってそうでしょう？　監督は何も言わないけど、こないだ福島で見つかったバラバラ死体、あれは塚原《つかはら》さんだった」

「そりゃあ――」

「それに、最近になって来なくなった人は他にもいます。監督は映画を通じて生きる希望を見つけたから、もう会に来なくなっただけだって言ってましたけど、違いますよね？」

飯山の怯えた声は、いつしか責めるような口調へと変わっている。

「あれは全部、あの男がやったんだ。殺したに違いない。僕の証言が、あの男を死刑に追いやったから、それを怨んで、僕を追い込もうとして、僕に関係のある人を殺しているんだ」

「おい、落ち着け」

「あの男は僕に復讐しに来る。だって僕は見たんだから」

「見たち、そりゃ何じゃ」

「一昨年のことです。僕が小平監督の〈サバイバーズ〉に行くようになった頃です。あの日も今日みたいな雨の日でした。僕は小平監督の撮影を見学してて、その帰りに多摩川の川縁に立っているあの男の姿を見たんです」

飯山は何かに怯えるように、その肩を震わせた。

「それだけじゃない。塚原さんの時もそうだった。あの時も監督の撮影に同行してて、あの男の姿を見たんです。そしたら、その後に塚原さんは死んでしまった。残酷に殺された！」

飯山の必死の訴えを聞きながら、御陵はそこで一連の事件に関わる一つの像を冷静に捉えていた。

怨霊《おんりょう》。

死刑となったはずの人間の霊が、飯山に復讐するために祟りを引き起こしているというのか。

僅かに眉をひそめ、御陵がその可能性を思案していると、ふとコートの襟元《えりもと》が引かれた。

「御陵さんは陰陽師でしょう？　蘇りはなくても、幽霊が復讐で人を殺すってことはあるでしょう？」

胸に縋《すが》りつく飯山の手を取って、御陵は何も言わずにその目を見据えた。暗い空にも似た、恐怖と焦燥《しょうそう》が入り混じった色。

「確かに、怨霊は存在する。そりゃ《怨素《おんそ》》ゆう霊子《りょうし》の塊よ。それによって人が死ぬことはある」

「じゃあ、やっぱり」

「けんども、心配せんでえい。俺は陰陽師じゃ、そして、心霊科学捜査官よ」

心霊科学捜査官、と飯山が口の中で繰り返した。

「俺の職分は、霊の引き起こす事件を解決することよ。祟りゆうて、理不尽に人が死ぬがを防ぐがが役目じゃ。今日ここに来たがも、警察の捜査の一環よ。やき、アンタは安心してえいで。俺が何とかしちゃるきに」

御陵の言葉に救われたのか、強く握られていた手は解かれ、飯山は安堵《あんど》の表情を見せた。それでも未だ不安は残るのだろう。恐怖を振り払うように、必死に前を向いている。

「御陵さん、どうか、どうかお願いします。秋子さんを、助けてください。あの男の怨霊が僕に復讐するというなら、きっと秋子さんも狙《ねら》われる」

「ああ、俺もあの子は気にいっちゅう。ありゃアンタの大切な恋人じゃろう」

「そうです。あの人は僕にとってかけがえのない人です。初めてあの男の怨霊を見た時、あの人だけが僕を心配してくれたんです。雨の中で、怯える僕を優しく抱きしめてくれました」

「おう、言うのう。まっこととお熱いことよ」

気安く茶化した御陵に、飯山が恥ずかしそうに笑いかけた。葛城の存在が小さな勇気を与えたのだろう。少年は何よりも力強く頷いた。

「そうですね、改めて言われると恥ずかしいけれど、僕の大切な人です。彼女の方が年上で、いつもお姉さんみたいに僕のことを守ってくれるけど、本当は僕の方が秋子さんのことを守りたいんです」

それを聞いて、御陵は景気良く笑い、少年の頭を豪快に撫でた。

「なんじゃ、アンタ、まっこと男気に溢れちゅうのう。見た目とは大違いじゃ。ええぜ、俺もアンタの男気に手ぇ貸しちゃる」

髪をくしゃくしゃにされながら、ようやく飯山が心から安心したように微笑んだ。

「あの葛城ゆう子も気立てがええ。姉のようにお節介《せっかい》をするにしても、どこぞの誰かとは大違い――」

御陵が言いかけたところで、側頭部に強烈な痛み。遠くから投げつけられた化粧ポーチが命中していた。

「どうせ大違いですよぅ！」

御陵が声の方に視線を向ければ、廊下の端で腕を組んで立つ曳月の姿があった。

「曳月ぃ」

「清太郎ちゃん、ちょっと外して」

御陵は文句の一つでも言おうと思ったが、存外に真面目《まじめ》な曳月の声音《こわね》に事情を察し、何も言わずに席を立つ。その場を去る直前、不安そうに見守る飯山に対し、一度だけ強く笑ってみせた。

「なんじゃ、また癇癪《かんしゃく》か」

「違う」

御陵も待合スペースを離れ、暗い廊下を進もうとする曳月に背後から声をかける。電灯のない廊下を進むごとに、ハイヒールの甲高《かんだか》い音が響く度に、何か不穏な空気がまとわりついていく。

ここで御陵のスマートフォンに着信を知らせる震え。その発信元を確かめるより先に、一つの不安がよぎる。

「事件か」

御陵はこの不安の正体を知っている。現実の裂け目に、ふと落ちていく時の、どうしようもない不条理の気配。

「そう、今さっき携帯に連絡があったの」

振り返る曳月の悲しそうな顔。御陵がスマートフォンを手にし、それを耳に近づけるより先に、その言葉が送られてくる。

「新しく、死体が見つかった」

3.

麻木宏《あさきひろし》という男性は、二十二歳の時に友人らとドライブに出かけ、その帰り道で事故に遭遇したという。

麻木が運転していた車は対向車と衝突し、自身を残して三人の友人が即死した。その内の一人は、当時、想《おも》いを寄せていた女性だった。病院で目覚めた麻木は事実を知って泣き崩れた。相手方の過失によるものだったが、それでも麻木は自らを責め、何度も自殺を試みた。その際に出会ったのが小平の〈サバイバーズ〉であり、映画『生きている人達』だった。

麻木は映画を通じて、あの日、あの時に事故を起こした道を再び走り、楽しげに笑う友人達の霊の声を聞いて、ようやく安心して死ぬことができた。

映画の撮影が終われば、麻木は事故現場で花を捧げ、晴れやかな笑顔を浮かべていた。過去の後悔に決別し、生まれ変わったつもりでこれからの人生を送ると、監督である小平に語っていたという。

今、そうして新たな人生を送るはずだった男が、頭と胴、そして左足だけになって虚空を見つめている。

「死体が発見されたのは、ついさっきのことだ」

荒川《あらかわ》の河川敷《かせんじき》、ブルーシートの上に並べられた麻木宏の死体を音名井が見つめている。川に浮かべられた船の上では、捜査員達が未だに発見されていない両腕と下半身を捜索している。

「麻木宏は、昨夜から行方不明だった。昨日の小平監督のパーティにも出席する予定だったが、その時には既に連絡がつかなかったらしい」

御陵が一歩前へと出て、死体の前にしゃがみ込んで手を合わせた。

「ほいで、音名井、おんしがこの男の足取りを追いゆう内に死体を見つけた、か」

「そうだ。最後の目撃情報から、この小菅《こすげ》近辺を重点的に探ることにし、林《はやし》さんと測霊作業をしていて発見した」

音名井が河川敷の少し離れた箇所に顔を向ける。そこでは林が、以前と同様に巨大なアンテナを背負い、何かの薬剤を撒いて周囲の霊子を測定しているようだった。

「麻木氏の死亡推定時刻は昨日の夕方から深夜まで。背中に深い刺創《しそう》があり、これが致命傷になったと考えられる。またこれまでの事件と同様、遺体はバラバラにされ、荒川に遺棄された。そして——」

音名井は短く間を置いてから呟いた。

「遺体からは、これまでと同じ霊子が検出された」

川の臭いが鼻を突く。湿気をまとった風が吹き、御陵のコートを揺らした。

「同じ事件、ゆうわけか」

御陵からの言葉に、音名井は溜め息を漏らす。

「正直に言って、僕は自分の不甲斐《ふがい》なさに嫌気が差している」

「もっと差しちょき。滅多《めった》にないいきに」

嫌味の一つでも飛んでくるかと御陵が身構えるが、背後から返ってくるのは力ない言葉だけだった。

「好きに言え。今回は僕の落ち度だ。例の映画の出演者が連続して殺されているのは知っていた。それなら今回も、事前に麻木氏をマークしておくべきだったんだ」

「そんなことゆうたち、殺されたがは昨日の今日じゃ。片時《へんし》も目を離さずに見張るらあ、どだい無理な相談よ。刑事なら刑事らしゅう、悔《く》やむより先に犯人を見つけようや」

御陵が立ち上がると、振り返った拍子《ひょうし》に胸元を軽く小突かれた。

「全く、お前に慰められるようじゃ刑事失格だ。だがいいだろう、お前の言う通りだ。僕らは一刻も早く、この陰惨な事件を終わらせなければな」

そう言って音名井は自身の手帳を開く。新たな被害者となった麻木について、前日のパーティで一通りのことは聞き込みを行っていたという。

「麻木の経歴としてはさっき言った通りだ。交通事故にしたって、遺族からは同情される立場だった。殺されるような理由もない」

「ほいたら、今回も映画の出演者じゃったゆう一点で死んだがかよ」

「ここまで被害者の年齢や性別、状況が違うとなると、共通点としてはそれしかない。お前の言う呪術というのも気になるが、僕としては、これが小平監督に強い怨みを持つ人間の仕業なんじゃないかと思っている」

「ははぁ、まるで見せしめのようにか。小平を追い込むために、これだけのことをする言うたら、正気の沙汰《さた》やないぜ」

考えたくはないがな、と付け加えて、音名井は小さく首を振った。

「それで、そっちの方はどうだった？　小平監督が主宰するグループに参加していたんだろう」

「ああよ、そういう意味なら、あの小平ゆう男は人から怨まれることもあるろう。新興宗教が教祖みたいにしゆうきに、大いに人《こじゃんと》から尊敬を集めてグループを作っちゅう。ただ裏を返せば、それ以外の人間からは疎まれることもあるろう」

「なるほどな。そうだ、曳月さんは霊捜研の方で待機中か？」

「おう、おんしから連絡があった後、アイツは霊捜研の方へ戻《も》んていったわ。それよりアイツ、グループで話し合いをしゆう時に、随分と妙な態度しちょったな」

御陵は小さく唸ってから、曳月がやけに不機嫌だった様子を伝える。それを聞いて何かを察したのか、音名井は眼鏡を直しながら、僅かに同情するように口角を上げた。

「姉弟の話か。それは、きっと曳月さんにとっては嫌な話題だったかもしれないな」

「知っちゅうがかよ？」

「関係資料だ。直接聞いたわけじゃない。だから僕の口からは言えない。気になるなら、お前が本人から聞くんだな」

ふと厚い雲を裂いて陽の光が届く。御陵は麦わら帽子を傾げ、音名井からの言葉を噛《か》み締める。

ここで御陵達の元に青服の鑑識課員が集まり始め、それとは逆に遠方より二人を呼ぶ林の声が聞こえた。御陵と音名井は顔を見合わせてから、川縁《かわべり》に立つ林の元へと歩いていく。

「林さん、何か見つかりましたか」

「ええ、こちらへ。す、少しぬかるんでいるので気をつけてください」

アンテナを背負ったままに林が川の方を指し示す。草の生い茂る川縁の一部が開けており、川のさざなみに小さな砂利と泥が押し返されている。

「足跡です」

林が告げた言葉に御陵と音名井は息を呑み、慎重に林の立つ場所を確かめていく。

「そりゃ犯人がモンか？」

「い、いえ、それが……。とにかく見てください」

川縁の一部、川の水がかかる地点から舗装路までの短い砂地。それが昨夜からの雨で濡れ、人が通れば足跡が残るような具合になっている。そして林が指し示す場所には、複雑に動いた足跡と、川に向かって伸びる一人分の足跡が残っていた。

「う、動いていた方は自分のものです。事前に写真も撮ったのですが、残っていた足跡は一人分でした。また靴の形状から成人男性のものと思われます。それが川に向かって歩いているように残っています。バラバラにした遺体を捨てに行ったのだと思うのですが、なぜか、戻ってくる際の足跡がないんです」

「そりゃ確かに、ちくと妙じゃ」

「いや、帰りの足跡が残っていないだけなら、そのまま川に入って別のところから上がればいい」

音名井が説明を加え、御陵もその意見には同意しかけた。しかし、林だけが未だに神妙な顔で足跡を見つめている。

「なんじゃ、林よ、まだ気にかかることがあるがか」

「あ、いえ……、実は自分はここで霊痕《れいこん》を調べていたんです」

「霊痕？」

御陵が首を傾げると、横の音名井が口を開いた。

「心霊科学用語だ。人は死後、血液中に霊子が溶け込む。これは血液を拭《ふ》き取っても残るために、霊痕反応として犯罪の証明に使われる」

「ええ、ただ五十日前後で反応が消えてしまうので使い方次第ですが、今回のように野外ですと通常の血液反応よりも確実に検出できるはず、なんです」

そこで林が言いよどんだ。何かあるのかと御陵が先を促《うなが》すと、信じられないという表情を浮かべ、何度も首を振った。

「れ、霊痕反応は確かに出ました。この場所で大量の血が流れていたことの証拠です。ただし、この川に向かう足跡からも多くの霊痕が出たんです」

「そりゃ、犯人が血塗れの状態で足跡をつけたからやか」

「い、いいえ。一番多く検出されたのは川に近い地点で、足跡には一定量の霊痕しか残っていませんでした。袋などに遺体を詰めて持ち運んだ可能性もありますが、歩角や歩幅が不揃いなのが気になります。そして自分は足跡が一方向にしか残っていないことも含めて、別の想像をしてしまいます」

太陽が陰る。顔を青ざめさせた林が、真剣な面持ちで御陵と音名井を見つめている。

「足跡が、被害者の靴と一致しているんです」

林の言葉に音名井が眉をひそめた。

「それは、どういう意味ですか?」

「ひ、被害者の靴は靴紐が固く結ばれていました。また中で血液が凝固したまま付着しており、脱がされた形跡が一切ないのです。さらに言えば足跡は深さから言って成人男性のもので、簡単に見当をつけただけですが、被害者の体重と一致します。別人が足跡を偽装したとは考えにくいのです」

そこで林が唾を飲み込んだ。言いにくいものを咀嚼《そしゃく》し、それでも必死に吐き出そうとしている。

「そして、霊痕反応は死後にしかでません。そ、それはつまり――」

「被害者は死んだ後に、自ら川まで歩いていった、と」

音名井からの答えに林は頷くが、未だに疑念を晴らせないでいるようだった。

御陵は川に視線をやり、その手前に残された一方向だけの足跡を確かめた。

麻木という男は深夜の内に死に、そのまま川へと一人で歩いていった。自らが死んだことにも気づかず、何かに取り憑かれたように、その足を進め、やがて川の中で倒れたというのか。

「あり得ない。いくら祟り事案《インシデント》だといっても、ここまで物理法則を無視した事件が起こるものか」

突きつけられた不可解な可能性。音名井は思わず声を荒らげ、彼自身も想像したであろう光景を否定した。

「死ねば人は動かない。死者が歩くことなどない。ましてや、その後に体がバラバラになるなんて」

「音名井」

御陵が短く名を呼ぶ、お互いに、思考の迷い路に入る手前で踏みとどまることができたようだった。

「祟りゆうんは、道理やないモンの塊よ」

雨によって強まった川の流れを遡行《そこう》するように、御陵は視線を上流へと移していく。

「時には異様なことも起こる。同じ霊子を持った人間が現れるかもしれんし、死んだ人間が歩くこともあるろう。けんども、必ず道理はある。心霊科学ゆうんは、そんな不条理を道理に落とすモンじゃいか」

御陵はそう言って不敵に笑った。対する音名井は眉を上げ、こちらも小馬鹿《こばか》にするように笑みを作る。

「直感だよりのお前に言われたら心霊科学も形無しだな。どこかの偉い学者に怒られる前に謝っておけ」

「おうおう、減らず口が叩けるなら大丈夫じゃ」

ふと御陵が音名井の方を振り返ると、その拍子に土手の向こう側にあるものに思い至った。この河川敷は荒川と綾瀬《あやせ》川の中間にある。それなら、その先にそれがあることは知っている。

「おい、音名井。話は変わるが、おんしは十年前に起きた横浜の一家惨殺事件ゆうんを知っちゅうがか」

「十年前？　まさか等々力《とどろき》事件のことか。連続強盗殺人犯の等々力作美《さくみ》が起こした一連の事件だが」

「その犯人、等々力ゆうんか。ほいで、そいつは死刑になった」

曇天《どんてん》の下、御陵は遠くに立つ建物の影を捉えようとする。

東京拘置所。

その場所で、死刑囚であるその男は死んだはずだ。

しかし、もしも――。

「なぁ、死刑になったはずの男が、怨霊になって事件を起こしゆう、そう考えたら、この一件はどうなる」

唐突な指摘に、音名井は目を見張った。普段であれば一笑に付されただろう意見だったが、音名井は真剣な表情で御陵を真っ直ぐに見つめた。

「あり得ない。死刑囚の怨霊など、存在しない。していいはずがない」

「なんじゃ急に、今さっき道理やないモンもあるゆう認めたばかりやろう」

「個人の考え方の問題だ。僕は死刑囚の怨霊などというものは考えたくないだけだ。それよりお前こそ、どうしてそんな話をする?」

問い詰めるような音名井の調子に出鼻をくじかれ、御陵は困ったように頬を掻く。

「いや、説明はするが……。ただ俺は、この一件、その等々力ゆう男が無関係とは思えんがよ」

強く湿った風が吹いた。

御陵のコートの内で、いくつもの呪具が震えていた。川を伝い、無数の霊子がこの地に集まっている。死者に引かれ、幽霊とも言えない不定形の思念が漂っている。

「悪いが音名井、その等々力ゆう男の資料も調べちょいてくれんか」

「何か解ったのか？」

「いいや、まだよ。けんど必要になるかもしれん」

漠然と像を結んだ怨霊。御陵は、その姿を捉えようと厚い雲に向かって手を伸ばしていた。

4.

御陵が霊捜研に戻ってきたのは、夜の七時を過ぎてからだった。

夜の外気が開いたままの窓を通って入り込んでいる。職員の姿はなく、所長の烏越道《うえつどう》終《しゅう》だけが呑気にコーヒーを啜《すす》りながら、煌々《こうこう》と光る電灯に引き寄せられた羽虫の行方を追っている。

「公園が近いのも考えものだねぇ」

烏越は気安い調子で、窓の外に広がる四季の森公園を眺めた。この時間では、あの小さな公園を訪れる者もない。それでも中野駅周辺の賑《にぎ》わいは、風を通じて霊捜研にまで届いているようだった。

「さて、これで三件目のバラバラ殺人事件だ。連続殺人事件ってことで、警察も本腰を入れてくる。またまた厄介《やっかい》な事件を担当してるみたいだね、御陵君」

「厄介な所員の相手をするよりは楽だぜ」

御陵はコートを脱いで自身の椅子の背に掛けると、そのまま椅子にどっかと腰掛けた。机に足を乗せようかと思ったが、自身の下駄が思いの外に泥に汚れているのに気づいてやめにした。

「他の奴ら、帰ったがか?」

「荒川で出た仏さんがね、異常死体だから、先に科捜研の方に回されてね、本格的な捜査は明日以降ってことで、各自解散して貰ったよ。だから御陵君も帰ってていいんだよ」

「まぁ、俺も帰るところやったけど、ちくと気になることがあってのう」

御陵は何気なく無人のオフィスを見回し、やがて一角で目を留める。乱雑に散らかった机。奇妙なぬいぐるみや、いかがわしい開運グッズが積み上げられ、無人となった今でさえ、その騒がしさが目に突き刺さってくる。いつもなら、そこで曳月が居眠りでもしているところだが、この時ばかりは姿が見えない。

「それにしても」

そう言って、烏越が席を立つ。いつの間にか部下の分も用意してくれていたのか、なみなみとコーヒーの注がれたマグカップが御陵の机に差し出された。

「二人きりになるのも久しぶりだねぇ」

「気持ちの悪い言い方すなや」

「いやなに、最近は他の所員の手前、御陵君を依怙贔屓《えこひいき》するわけにもいかないしね。まぁ、君の無礼千万っぷりに目を瞑ってるだけでも大いに優しくしてるけどね」

「他の奴らも結構無礼やと思うぜ」

烏越が手を振りつつ、朗らかに笑って自身の席へと戻っていく。

「僕としてはね、跳ねっ返りの君が霊捜研に馴染んでることが驚きでね。最初はいつ喧嘩するのか不安で不安で、つい注意もできなかったんだよ」

「嘘吐け。烏越のオッサン、俺を呼んだ時からずっと放任主義じゃったろう」

御陵の言葉に、烏越はただ笑って返すだけ。

元はと言えば、御陵は師である覚然坊の紹介で霊捜研に入った。そして師が一方的に去るのと入れ替わりに、今度は烏越という男が御陵の上に立った。その時から、この捉え所のない男に対しては、師に接するのと同じように接している。傍目《はため》から見れば無礼だろうが、それが敬意の表れだと、他ならぬ烏越が了解している。

「それで、今回の事件、御陵君はどう思ってるんだい」

普段は飄々《ひょうひょう》としているが、たまに会話をする時には、こうして核心の方から聞いてくる。こういったところも、師とよく似ていると思い、御陵は妙に嬉しくなる、ただ一方、辟易《へきえき》する部分も大いにある。

「まだまだ解らんことばっかりよ。同じ霊子を持つ死体の謎《なぞ》も解けんし、被害者が殺される理由も解らん。けんど、飯山ゆう少年が撮影現場で殺人鬼の幽霊を見た言いよった。曳月から聞いちゅうろう」

「等々力事件の、等々力作美だね」

それまでニコニコと笑っていた烏越だったが、事件の名前を告げる時には真剣な表情を作っていた。

「なんじゃ、オッサンも知っちゅうがか」

「さすがにね。僕はその頃は既に刑事じゃなかったけど、後輩の刑事が事件を担当していたから」

烏越はどこか悲しそうな顔をしながら、何気なく机に並べられたファイルに手を伸ばす。それは烏越自身が、未解決事件の記事や資料を集めて作ったものだった。

「等々力事件は今から十年前に起こった連続強盗殺人事件だ。犯人の等々力作美は、都内や関東を移動しながら、主に老人のいる家を狙って盗みを働いていた。盗みといっても、ろくに下調べもせず、目についた家へと押し入って、住人がいれば問答無用で殺害し、現金を奪って逃げていく。まさに凶悪犯のお手本のような人間だよ」

「そりゃ死刑にもなるにゃあ」

「まさしくね。それで、四件目の犯行時が横浜の一家惨殺事件だ。夜の内に飯山家に押し入って両親と祖母の三人を殺害、長男の飯山紋にも傷を負わせたけれど一命を取り留めてね。飯山少年の証言が決め手で、いよいよ等々力作美も逮捕されることになる」

あの飯山が生き残ったことにより、一人の凶悪犯が捕まった。それは正しい行いだ。しかし、それは何よりも飯山を怯えさせたのだろう。死刑判決を受けた等々力は、自身を追い込んだ少年を憎む。逆怨《さかうら》みとはいえ、怨みは怨みだ。それを理解していた飯山は、その復讐を恐れていたに違いない。

復讐。その響きが御陵の心に爪《つめ》を立てる。

「なぁ、オッサン。死刑囚は怨霊になるがか」

「そう、御陵君が気にしてるのは、まさにそこだろうね」

烏越は手元のファイルをさらに幾枚かめくっていく。

「御陵君は日本の死刑がどういう風に執り行われるか知っているかな」

「あれじゃろう、絞首刑じゃ」

「それは昭和まで。霊子科学が発達した今だと薬殺刑だけになったんだよ」

「初耳じゃな」

「まぁ、ドラマとかだと未だに絞首刑の様子が描かれるからね。だけれど、これは霊子科学の観点から見ると大いに問題ありでね」

「ああ、《怨素》か」

「そう、絞首刑の場合、死刑囚の《怨素》が刑場に蓄積していくという問題があった。これは霊子科学の発達している先進国の中で、日本だけが絞首刑を行っていたために判明した事実だ」

御陵も日本の死刑制度に詳しいわけではないが、古くから刑場には刑死者の怨念《おんねん》が残るという話は知っている。いくら死刑が近代的な手法に変わろうとも、それは《怨素》の蓄積という目に見える形で現れたのだ。

「昭和の終わりまで、日本では絞首刑が採られていた。それは絞首刑の際、死ぬより先に意識を失うことや、怨むべき対象がいないこと、それに加えて執行直前の精神治療で《怨素》の発生はないと考えられていたからだ」

「それが違《ちご》うた」

烏越がコーヒーを口に持っていきつつ、厳《おごそ》かに頷いた。

「昭和五十九年、一人の死刑囚が絞首刑に処された。この死刑囚は一審では死刑になったけれど、犯行時に未成年だったことや、その境遇もあって二審では無期懲役に減刑された。そして深く反省もし、贖罪《しょくざい》と社会復帰を切望していたけれど、その時期に《怨素》鑑定の技術が確立してね、被害者の怨みが未だに残っていると言われ、差し戻し審で死刑となった」

「一度は救われたのに、裏切られたわけか」

「そういう見方もできるだろうね。それが原因かは解らないけれど、死刑執行後に大量の《怨素》が確認された。それは刑務官にも影響を及ぼし、何人もの人間が原因不明の病《やまい》に倒れた。そうして、防霊設備の整った拘置所でさえ《怨素》が確認されたことで、絞首刑による死刑はなくなったんだよ」

ふぅん、と御陵が鼻を鳴らして答える。

「ほいで、今の死刑は《怨素》を出さんゆうがか」

「薬殺刑になったからね。全身麻酔で意識を完全に消失させ、さらに《怨素》の発生を抑止する薬剤を注入した後で死に至らせる」

烏越の説明は理にかなっている。しかし、現に飯山は等々力という殺人鬼の霊を見ているという。それを虚偽や勘違いと断じることもできるだろうが、そうでない場合の可能性を考えることが重要に思えた。

「オッサンの言うことは理解できるが、死刑囚が怨霊になる可能性は本当に無いがかよ?」

「僕もこの仕事が長いからね、心霊科学に絶対はないというのは解る。けれど、至って低い可能性だろうね。それに残念だけど、警察もその線では捜査しないと思うよ。これに異議を唱えることは、現行の死刑制度そのものを覆さなくちゃならない」

御陵が不機嫌そうに顔を歪《ゆが》めると、それを宥《なだ》めるように烏越が好々爺《こうこうや》然《ぜん》とした笑みを浮かべる。

「でも、味方がいないわけじゃないさ。その現行の死刑制度に異議を唱えてる人が、君の近くに一人いるんだよ」

そう言って、烏越は顎でしゃくってオフィスの一角を示す。今さっき、御陵が目を留めた曳月の机だった。

「曳月君はね、今でも《怨素》鑑定について、その不確かさを訴えている立場の人間なんだよ」

「アイツがぁ?」

「信じられないって顔だねぇ。まぁ、働いてる姿は見せたがらない人だから仕方ないけど、彼女は宗教化学の舞台ではそこそこの有名人なんだよ」

怪訝な表情のまま、御陵は主人不在の机を眺める。写真立てに飾られたイケメン教祖のブロマイドが胡散臭《うさんくさ》い笑顔を送ってくる。

「さっき話した昭和最後の死刑判決、その時の《怨素》鑑定を担当したのが宇都宮法水《うつのみやほうすい》という霊医学者でね。彼の鑑定は宇都宮判断として、現行の死刑制度を形作ったわけなんだけど、その宇都宮法水こそ曳月君の大学時代の恩師なんだよ」

「ああ? 今の死刑制度に問題があるて言いゆうがが曳月なんじゃろ。それじゃ何か、アイツはその恩師と真っ向から反目しゆうがか」

「まぁ、そこはね。彼女にも色々あってね」

それを聞いて、御陵はわざとらしく深い溜め息を吐く。下駄を脱いで、裸足《はだし》のまま机の上に足を乗せた。

「おうの、どいつもこいつも。曳月に問題があるみたいな言い方しよって」

「あんまり人には言いたくない話題らしくてね。僕からも言えない。でもどうか、御陵君は彼女の味方になってあげて欲しい」

「味方のつもりじゃ」

御陵は椅子を揺らしながら、自身が霊捜研に来た時のことを思い出す。野良陰陽師という出自があり、孤独に祟りを相手取ってきた自覚があった。それでも自分一人では限界が来た。霊捜研の人間を頼ることもできなかった。そうした時、最初に手を差し伸べてきたのが曳月だった。

「とろこいことは好かんき」

がん、と椅子を床に突く。御陵はさっさと下駄を履き直し、コートを取って立ち上がる。

「曳月に会うてくるぜ」

コートを肩がけにし、御陵が一歩を踏み込む。振り返って烏越の方を見れば、顔を綻ばせて微笑んでいる。

「そうだね。今の時間なら、きっとブロードウェイの方にいると思うよ。曳月君、ストレスが溜まったら必ず行く店があるから」

それを聞き、最後に御陵は一度だけ頭を下げた。

「オッサン、ありがとよ」

飲みさしのコーヒーを呷《あお》り、御陵は霊捜研を後にする。

5.

中野区の中央部、かつて警察学校があった地域は霊捜研の他、警察病院や大学のキャンパスが並び、今では区民にも開かれた空間となっている。

その一方で、中野駅から北に向かって繁華街が広がっている。様々な人間が入り交じり、夜となっても賑わい続ける都市の華やかな顔。その奥に佇《たたず》む複合商業施設、中野ブロードウェイが今も多くの人を飲み込んでいく。その中には近隣住民が利用するスーパーや衣料品店もあるが、世間一般にはアニメや漫画、ゲームといったサブカルチャーの殿堂として知られている。

御陵がこの施設に入るのは初めてだったが、目についたエスカレーターに乗った直後から既に辟易し始めていた。確かに、以前に音名井から「お前は迷うからやめろ」と言われていたが、それは単なる嫌味だと思っていた。それが実際に来てみれば、上階に上るための階段の位置も解らず、自分の居場所すら見失う始末。似たような店、それでいて激烈な印象を残し、正確な判断力を削《そ》いでくる。ふと横を見れば、アイドル専門店が綺羅《きら》びやかなポスターや写真集を売っている。本庁勤めの音名井が、どうして中野の霊捜研を度々訪れているのか。その理由の一端を知り、なおのこと御陵の顔をしかめさせた。

御陵は下駄履きに分厚いコートという異様な出で立《い》ちで、迷宮のような中野ブロードウェイを探索し、やがて烏越から教えられた店の近くまで辿り着いた。

「ぎゃあ！　絶版になった『思い出聖典』あるじゃーん！」

辿り着いた瞬間に、聞き覚えはあるが、思い出したくはない声が聞こえてきた。

宗教系の書籍を専門に扱う書店の前、様子を窺《うかが》うまでもなく、次々と本を買い物かごに放り込む曳月の姿に遭遇した。

「おい」

「はぅあ、あれは『十五歳からのお言葉集』かしら⁉　うわ、棚高い！　取れない！」

曳月の背後で渋《しぶ》い顔をする御陵だったが、いよいよ棚を前にぴょんぴょんと跳ねる上司の姿を憐《あわ》れんで、目当てのものらしい本を取ってあげることにした。

「わ！　ご親切に……、って、あれれ？　清太郎ちゃん？」

「曳月、独《ひと》り言《ごと》はやめや」

「いやぁ、それはしょうがないよぉ。テンション上がっちゃって。それより清太郎ちゃん、どうしてここに？　あ、解った！　ついに霊的覚醒《かくせい》によって、新興宗教マニアの道に入るんだ！」

御陵が渡しかけた本で曳月の頭頂部を打った。

「心配するんやなかったぜ」

頭に置かれた本を受け取りつつ、曳月が力なく笑った。

「解ってるよ。所長から聞いたんでしょ。待っててね、お会計してくるから」

御陵の視線を避けるように、曳月はサイドテールを揺らして店の奥へと消える。普段であれば、どこかしら得体の知れない空気をまとっていた後ろ姿が、この時ばかりは少女のように儚《はかな》く見えた。


「私ね、嫌なことがあると、いつもここに来るんだよ」

そう言いながら、曳月は階下を通る人々の流れを見ていた。

中野ブロードウェイの二階、吹き抜けのバルコニーから一階の商店街が見える。低い天井には緑色の淡い光。建物の中だというのに、一つの街を見下ろすような感覚がある。

「お手軽な避難所。好きなものも一杯あるし、こんな服装してても目立たないもん」

曳月が鮮やかにターンを決め、自慢のロリータ服を見せつける。午前に小平のグループを訪問した際には、いくらか落ち着いた印象の服を着ていたはずだが、霊捜研に戻った時に着替えたようだった。

「それでぇ、清太郎ちゃんはどうして来てくれたのかにゃあ？　そんなにお姉さんのことが心配だったのかにゃ……うごご、顎摑まないでぇ……」

「いつも茶化しよって。たまにはしゃんと話せや」

御陵が曳月の顎から手を引くと、今度は彼女の方から改まって視線を合わせてきた。薄皮程度の気丈さがまだ残っている。ささくれ立ったそれを自ら剝《は》ぐのに、いくらか勇気がいるようだった。

「まぁ、言いにくいことやったら、無理には言わんでもええ」

「あれぇ、お姉さんの秘密知りたくないの？　今なら素直にゲロっちゃうよ？　おろろ」

「嫌なこと思い出させるなや」

御陵が頭を掻きつつ、曳月から顔を逸《そ》らす。吹き抜けの下を見ようとした時、ふと何気ない調子で曳月の方から声がかかった。

「私ね、弟がいたの」

「ああ？」

「初耳でしょ？　誰にも言ってないもん」

お互いに視線を交わすこともなく、ただ人々が行き交う中で言葉を重ねていく。

「清太郎ちゃん、きっと今日の私の様子を見て話を聞きに来てくれたんだよね。そうだよね、隠してるつもりだったけど、あんな風にこれ見よがしに不機嫌になったら、心配させちゃうよね」

「小平のグループに行った時から、大分な」

「まぁね、あの雰囲気も苦手だったんだけど。私、それ以上に、あの秋子ちゃんの話を聞いて居《い》た堪《たま》れなくなっちゃって」

ああ、と御陵は呻《うめ》くように声をあげる。

「そう、私の弟も何年か前に死んじゃった」

弟を病で亡くした少女、葛城の境遇。それは、曳月自身にも重なっていたのだろう。

「秋子ちゃんは何も悪くない。でも私は、自分の弟が死んだっていう彼女の話を聞いて辛くなったし、それを乗り越えて前を向いてる彼女が羨ましくなった。私の方が大人なのに、それに向き合わずにここまで来ちゃった。それがなんだか、無性に腹が立っちゃって」

「弟とは、仲良かったがかよ」

「うん、すっごく。弟は柾《まさき》っていうんだけど、子供の頃から私はセイちゃんって呼んでて、それはもう仲良し姉弟でした」

ああ、と御陵が短く応じた。それは以前に曳月が寝言で口にした名前だった。自分のことかと思い、その時は何気なく流していたが、その名前を知れば、自ずとあの時の言葉の意味も伝わってきた。

「喧嘩なんてしなかったよ。私が一方的に構いすぎて怒られることはあったけどね。だけど、私が上京して大学に入った頃から、弟とは疎遠になっちゃって」

御陵からは曳月の表情は見えない。しかし、その時、僅かに何かを堪《こら》えるような響きが籠もったことに気づいた。

「でね、自殺しちゃった」

その呟きを受け、つい御陵は何かを言おうとしたが、その先の重さに耐えられずに言葉を飲み込んでいた。

「もちろん疎遠になったからってわけじゃないよ。でも、傍《そば》にいたら少しは変わってたかな、って」

「自殺した理由は」

「いじめ。その時、弟は高校生で、学校で酷いいじめに遭ってた。色んな暴力を受けて、それでも耐えてた。私がたまに家に帰ってきても、そんなことは何も言わずに笑って過ごしてた。だけど、やっぱり耐えられなかったんだろうね」

話題が重くなるのを嫌うように、曳月は殊更に明るい声を作っていく。

「ある日突然、弟は何も言わずに東京に来た。私に会いに来たみたい。だけど、その日はたまたま家を空けてて、夜まで帰ってこなかった。きっと、それは最後の避難場所を求めてたんだと思う。でも、私は話を聞いてあげることもできなくて、結局、弟は帰る途中、近くの踏切《ふみきり》に飛び込んじゃった」

「無念か」

「どうかな。わかんない。なんで死んじゃったのか、弟の本当の気持ちは最後まで知ることはできなかったし、それは私が勝手に考えちゃいけないんだと思った」

曳月は御陵の背に向かって、淡々と言葉を投げかけていく。受け止めてくれることを期待していない、砂のように乾いた言葉だと思えた。

「でも、私より両親の方が責任を感じてたらしくて、生前の弟が何を思っていたか知りたがった。両親は流行《はや》りの新興宗教にのめり込んで、疑似心霊科学に頼ったり、怪しげな降霊術を試したりしてた。私はといえば、大学で宗教化学を学んでた頃だったし、そんな両親の姿を見ちゃいられなかったわけよ」

「なるほどな、ほいで曳月も新興宗教に詳しくなった、と」

「あ、ううん。こっちは完全に趣味だよ。両親についてったら、凄いイケメンな教祖様がいたから。そこからぁ」

顔は見えないが、恐らくはにやけているだろう曳月の姿を想像し、思わず御陵は顔をしかめた。

「でもでも、私はあくまでミーハー的な趣味。ファン活動だもん。両親の考え方とは合わなかった。両親はそれこそ、自助グループに出入りして、自分達の悲しみを他人と共有した。弟の死を宗教的な救いで埋めようとしてた。それが間違ってるとは言わないけど、私には耐えられなかった」

「小平のグループで機嫌が悪かった理由はそれか」

まぁね、と気軽な調子で曳月が返してくる。

「だけどね、私の方が両親より質《たち》が悪いのよ？　だって、私は弟の復讐のために心霊科学を使おうとしてるんだもん」

「ああ？　そりゃ、どういう」

思わず御陵が振り返ると、そこで曳月が今まで見たこともない表情を浮かべていた。道に迷った子供のように頼りなげで、あるいは母親が我が子の悪戯を見守るような、複雑な微笑み。

「そのままだよ。私は霊捜研で仕事をしながら、新しい《怨素》の検出方法を探してるの」

「そりゃ、弟の《怨素》を見るつもりなが か」

「そうだよ。弟は自殺だった。これまでの《怨素》の検出方法だと、自殺は自分を殺すっていう意思が働くから、自分自身の体から《怨素》が見つかる。でも、そんなのってないじゃない。弟はいじめで死んだんだもん。怨むなら自分じゃなくて、自分をいじめてきた人間を怨めばいい」

「曳月」

「私、嫌な人間でしょお？　弟の《怨素》を見つけて、いじめてた人間を追い込んでやろうって思ってるんだよ？　秋子ちゃんとは大違い。あの子は、私がなりたくてもなれなかった私なのよ」

曳月が目を細めて笑う。それまでの子供っぽい雰囲気も消えた、どこか妖艶《ようえん》にすら思える表情だった。

「まぁ、そこのところで色んな人達と仲違《なかたが》いしちゃったけどね」

「大学の恩師か」

「あらぁ、それも所長から聞いたの？　そうね、宇都宮先生との関係が一番応《こた》えたかな。あの人は、既存の《怨素》鑑定の基礎を作った人だもん。自殺者の《怨素》の対象を探すなんて、許されるはずがない」

そこでふと、曳月が自虐的に笑った。

曳月の意識が逸れたその一瞬、御陵は待ち構えていたように彼女の額に優しく手刀を見舞っていた。

「いった！」

「なんちゃあじゃない。変に気ぃ使うな。善人ぶるのもいかんちや。自分で復讐言うならそれでええけんど、ようは死んだ弟に報《むく》いようゆうことじゃろう」

胸を張り、腕を組んだまま、御陵が曳月を見下ろす。傍若無人《ぼうじゃくぶじん》な上司は、この時ばかりは弱々しく自らの頭をさすりながら、それでも真摯《しんし》な表情で見つめ返してくる。

「許して、くれちゃったりする？」

「そりゃ知らん。悪いことをする気やったら、俺は遠慮なく、かつ満を持して警察に突き出すが、そうでないならいくらでも協力しちゃるきに」

「もう、そういう時はね、世界を敵に回しても必ず守ってやる、って言うんだよ」

「世界を敵に回しても必ず警察に突き出す」

「ちょっと違う！」

腕力の伴わない打撃を御陵へ浴びせつつ、曳月は普段と変わらない表情を作ってみせた。

「なぁに、曳月の言うことも理があると思うぜ。人間の《怨素》は未知のモンよ。これまで解ってきたモンが全部なわけない。心霊科学捜査官として、祟りに向き合うがやったら、そういった常識に囚われずに捜査せんといかんちや」

「そう、だよね。うんうん。そうだ。まさか新人の清太郎ちゃんに叱《しか》られるとはなぁ」

満面の笑みを浮かべ、曳月は颯爽《さっそう》と踵《きびす》を返す。風に乗ったフリルまみれのスカートが、ひらりと軌跡を描く。

「そうとなったら」

曳月が無理矢理に御陵の手を引いて一歩を踏み出す。

「おう、霊捜研に——」

「買い物の続きだよ！　一人で持ち帰りたくない大判本が欲しかったの！」

曳月にいつもの図々《ずうずう》しさが戻ったことを知り、御陵は心の底から後悔した。

第三章——池の底より

1.

その日、御陵《みささぎ》に初めて声をかけてきたのは予期しない相手だった。

「久しいね、拝み屋君」

石神井《しゃくじい》公園のボート乗り場、朝の早い時間では他に人の姿も見えない。そうでなくとも、自身にそう呼びかけてくる人間を、御陵は他に知らない。

「アンタ、確か捜査一課の蝶野《ちょうの》、か」

細い体躯《たいく》を億劫《おっくう》そうに動かして、蝶野京《けい》が手をフラフラと振ってみせる。ダークスーツに撫でつけた髪、無精髭《ぶしょうひげ》を整えることもなく、猛禽類《もうきんるい》を思わせる鋭い視線で、その刑事が御陵を見ている。

「音名井《おとない》君と待ち合わせだろう？　今日はここで、例の映画の撮影があるっていうじゃない」

「そうじゃな。で、アンタが出張っちゅうゆうことは、捜査一課も小平《こだいら》を追いゆうがか」

「さすがにね。単なる事故や自殺なら〝踊り場〟の音名井君に任せるんだけど、バラバラ殺人ともなると人間の犯罪を疑う他ない。まぁ、殺人かどうかは解らないから、福島・東京連続死体遺棄事件、っていう線で捜査本部も設置されたわけだけど」

石神井池の上で、係留されたままのボートがぎいぎいと揺れている。陰陽師と刑事が、互いに顔を向き合わせることもなく、朝日を照らす水面《みなも》を眺めている。

「映画の出演者が連続して三人も死んだ。監督である小平が無関係なはずはない。多くの捜査員はそう考えてるよ」

蝶野は大仰に手を振り、わざとらしく肩を落とす。

「とはいえ、それは無理筋だ。昨日、荒川で発見された男性にしたって、死んだ時刻には小平はパーティ会場にいた。それは音名井君が証明している。そして、何より動機がない。あの小平には被害者を殺す理由が一切ない」

「捜査一課が調べて動機がないゆうがやったら、本当にないがやろう」

「小平が殺人嗜好《しこう》のあるサイコパスだっていうなら別にいいけど、どうもそう考えるのも不自然だ」

「ほいで、俺に話しかけるゆうことは、何じゃ、事件の手がかりでも求めゆうが」

御陵が訝《いぶか》しげな視線を送ると、蝶野の方は眉を上げて応えた。

「そう敵視しないでくれよ、同じ警察機構の仲間だろう。それに何度だって言うが、俺は捜査が好きなんだ。少しでもヒントになるなら、幽霊だろうが、祟りだろうが、どんな情報でも欲しい」

「随分と妙な奴じゃのう。まぁ、俺も事件が解決するのは望みじゃ」

「それは良かった」

そう短く言ってから、蝶野が気安く御陵の肩を叩いた。

「で、陰陽師である君から見て、死体の《怨素《おんそ》》はどうなってるんだい。所見だと一切検出されていないらしいけど」

「俺から見てもそのままよ。死体からは《怨素》も感じられんし、小平や関係者からも《怨素》は検出されんかった。けんど——」

「例の呪術《じゅじゅつ》かい」

「ああ。呪術ゆうモンが絡むがやったら、こりゃなんとも言えん。俺も知らんような呪法を使えば、死体から《怨素》を消せる可能性もある」

「嫌だねぇ、霊能者っていうのは。常人じゃ思いつかない霊子《りょうし》の使い方をしてくる。警察にとってはアンフェアそのものだ」

「そのために霊捜研があるがやろう」

御陵が不敵な調子で言い切ると、蝶野もまた不敵な笑みを浮かべて応えた。そのまま蝶野は懐《ふところ》に手を入れ、煙草《たばこ》でも吸うような仕草で、小さな青いメモリースティックを指に挟んで取り出した。

「じゃあ、情報交換だ。俺の方からは等々力《とどろき》事件についての資料を君に渡そう」

「ははぁ、音名井から聞いたか」

「まぁね。等々力事件は最初から最後まで幽霊や祟りなんて関係ない、まさに捜査一課の担当だからな。当然、こっちの方が詳しい」

御陵は蝶野からメモリースティックを受け取ると、素直に頭を下げて礼を示す。

「でも拝み屋君、先に伝えておくけど、そのデータの一部は抜けになっているんだ」

「抜けちゅうモンがあるがか？」

「そう。けれど仕方ない。それは死刑になった後の等々力についての資料だ。死体検案書に関する一部が、向こうさんの意向で伏せられているんだ」

「向こうさん？」

「病院っていう、一つの権力さ」

蝶野が忌々《いまいま》しげに呟く。

「警察が介入できるのは犯罪者が生きてる間まで。死んだ後のことは全て向こうさんに任せる外ない。ましてや死刑囚の《怨素》なんていう話題はデリケートらしくてね、とてもじゃないが首を突っ込めない」

とはいえ、と今度は口調を明るくさせ、蝶野が御陵の方に向き直った。

「その為に死後犯罪を扱う捜査零課がある訳だ。俺ら一課からすれば、上にも下にもいかない暇な〝踊り場〟だが、怪談《カイダン》に通じているのもそこだけだ。一課じゃ手に負えない部分は、音名井君や心霊科学捜査官である君に任せるよ」

最後にそう言って、蝶野は手を振って去っていく。

御陵が立ち去る蝶野の背を目線で追うと、公園の出口付近で立ち止まり、一度だけ振り返り再び手を振ってみせる。それと共に、近くで自転車をいじっていた者、道向かいのカフェにいた者、木陰《こかげ》で電話をしていた者、三人の男がそれぞれ顔を上げた。

「アイツら」

感心するように、御陵が独りごちた。

何気なく風景に溶け込んでいた彼らもまた、蝶野と同じ捜査一課の人間達なのだろう。石神井公園の外周を歩いていく蝶野に従い、各々《おのおの》が自然な動きで移動していく。

やがて彼らと入れ替わるように、駅の方角から一人の男が駆け寄ってくるのが見えた。朝の爽《さわ》やかな空気にはそぐわない、刺々《とげとげ》しい視線。ブランド物のスーツを風に晒《さら》して〝踊り場〟の刑事が走っている。

「御陵、すまん。待たせたな」

あまりにも刑事らしい音名井の登場に、御陵はくつくつと一人で笑った。

「音名井、おんしはもう少し目立たんようにせんとな」

「なんだ、出会い頭に」

「こっちの話じゃ」

御陵の物言いに不穏なものを感じたのか、音名井は急に目を細め、何も言わずに手にしていた紙束《かみたば》で頭を叩いてきた。

2.

「ほら、監督！　笑ってないで、ちゃんと撮ってくださいよ」

石神井公園に葛城《かつらぎ》の明るい声が響く。

深緑色の石神井池を右手に、飯山《いいやま》の車椅子を押す葛城が愉快そうに笑っている。ハンディカメラを構える小平がそれを追い、さらに後方から御陵と音名井が続く。

「秋子《あきこ》ちゃん、明るいのは結構だけど、呪いのせいで君は明日には死んでしまうんだからね」

「もう、知ってますよ。だから私、最後は本当に好きな人と一緒に過ごそうとしてるんじゃないですか。ねぇ、あーちゃん」

「秋子さん、照れるからやめてよ」

「なんでぇ、いいじゃない。恋人同士だもん」

そう言って、葛城は優しげに微笑む飯山の方に顔を寄せ、その頬に口づけをする。今までの映画では見られない光景に、小平も苦笑を漏《も》らし、背後から見ているだけの御陵達もまた複雑な笑みを作った。

「まぁ、いいや。秋子ちゃんが行きたいっていう三宝寺池《さんぽうじいけ》まで少しあるから、この辺で休憩にしよう」

「はい。お昼にしましょうか。私、お弁当作ってきたんですよ」

石神井池を望む木立《こだち》の中、一同は休憩所へと赴く。ベンチに座る小平達からは離れ、御陵と音名井の二人は近くの木の下に陣取った。

「どうも長閑《のどか》な雰囲気じゃのう。気が抜けるゆうか」

「何も起こらないなら、それに越したことはないが」

至って和んだ空気。雲も大らかに青空を渡り、太陽が石神井池を照らしている。葛城が手作りの弁当を広げ、小平と飯山に振る舞っている。そこだけ切り取ってみれば、公園を訪れた仲の良い家族にも映った。

「あれは、もしかしたら幸せな風景なのかもな」

「なんじゃや、急に」

「いや、不意に思っただけだ。あそこにいる誰もが、それぞれ不幸を背負っている。葛城さんは弟を亡くし、飯山君は等々力事件の被害者だ。それに——」

木に背を預けながら、音名井は手にしていた紙束に目を落とした。

「そりゃ、小平の情報じゃったな」

「ああ、警視庁の方に残っていた、小平監督の事故に関する記録だ」

音名井は腕を組み、紙束を御陵の方に押し付けてくる。

「八年前、小平監督は交通事故で奥さんを亡くしている」

御陵が楽しそうに話している小平達の方を見る。こちらには気を払っていないようだった。

「小平監督と奥さんは、元は大学の映画研究会の同期だったらしい。監督の方は大学卒業後、映像制作会社に勤めたが収入も少なく、家計は奥さんの収入に頼っていたらしい」

「ははぁ、苦労しとったねや。俺には遠い話で解らんがのう」

「芸術家の悩みはお前みたいな人間には解らんだろう」

御陵が隣の音名井を軽く小突いた。

「とにかくだ、小平監督は奥さんの助けを借りて映画監督を続けていたんだ。無名の時代が続いたが、いつかは恩返しができるようにと願っていた、それが」

「交通事故で先に逝《い》ってしもうた、と」

御陵が紙資料をめくりながら確認する。八年前、小平の運転する車は山道で事故を起こし、助手席にいた妻だけが亡くなったのだという。

「小平監督の映画が評価され始めたのは、まさしく事故の後からだ。それまではホラー映画が主だったが、以後はフェイクドキュメンタリーの手法を取り入れて、芸術性の高い作品を生み出している」

「人の変わったように、か」

御陵が開いた資料に、映画関係の雑誌記事のコピーが挟まれていた。その記事の中で小平は、事故を経験したことで、心境が大いに変化したと語っていた。

「関係者の評価でも、事故後の小平監督は凄みが増したと言われていた。特に、映画を撮る時には鬼気迫るものを感じさせるようになったそうだ。なんとしても奥さんのために良い映画を作る。それは小平監督にとって果たすべき使命なんだろう」

「気持ちは解るが」

御陵が語尾を濁《にご》した。視線の先に、葛城と飯山に囲まれて笑う小平の姿があった。

小平自身、かつて〈サバイバーズ〉で話した時に大切な人を亡くしたと言っていた。それは心よりの言葉だったはずだ。しかし、これまでに映画に関わった人間が何人も死んでいる。その事実に目を瞑り、未だに映画を撮り続けるというのは、何よりの妄執《もうしゅう》のようにも思える。

御陵が思案していると、向こうから葛城が手を振りながら歩いてくる。

「二人とも！　そんなとこにいないで一緒に食べましょう」

ここで音名井が短く息を吐き、隣の御陵の肩を叩いた。向かってくる葛城と入れ違いに、音名井は団欒の輪の中へと向かっていく。御陵もまた、心に残った黒いものを息とともに吐き出す。

歩き出した御陵が、ニコニコと笑う葛城の横に並ぶと、それを待っていたかのように彼女が口を開いた。

「監督の話、してたんですよね」

思わず御陵が足を止めた。少女らしい笑顔には似つかない、あまりにも冷え切った声音だった。

「知ってますよ、監督が世間でなんて言われてるか。不安にならないように言わないでくれてるんだと思いますけど、出演した人が次々と死んでるのも知ってます」

御陵は何も言えずに、ただ麦わら帽子のつばを下げた。

「この映画が呪われてるのは確かだと思います。怨霊に祟られてるんです。あーちゃんの家族を殺した殺人鬼の怨霊。きっと出演者の人が次々と死んでるのは、その怨霊のせいだと思います。でも私は、そんな怨霊なんかに負けないつもりです」

「負けん言うたち、相手は怨霊じゃ。アンタじゃ――」

「大丈夫ですよ、絶対に。この映画に出ただけで死ぬなんて、そんなのってないじゃないですか。私が証明してみせます！　あーちゃんの為に、それから監督の為に、無事に撮影を終えて、ハッピーエンドにしてみせます。その為だったら、私はなんだってできます！」

明るく言い放った葛城に、御陵は小さく笑みを浮かべた。

「なるほど。そいつがアンタの言うとった恩返しか」

一歩を踏み出した葛城が小さく振り返って頷いた。足取り軽く、少女は自分を待つ者達の方へと向かう。後を追う御陵だけが、彼女の言葉を何度も反芻《はんすう》していた。


休憩を終え、午後から撮影が再開された。

一同は西に歩き、石神井公園にあるもう一つの池、三宝寺池へと向かう。これまでの舗装路とは打って変わり、土が剝《む》き出しの狭い道が続く。息を吸う度に、湿った落ち葉と土の臭いが鼻を突く。やがて小さな橋と祠《ほこら》が見えた辺りで、先を行く葛城が立ち止まった。

「秋子ちゃん、ここでいいのかい？」

「そうですね。この辺りがいいです」

葛城が飯山の車椅子から手を離し、背後に広がる三宝寺池に向き合う。

太陽が雲に隠れた。暗い画面の中、不気味に伸びた無数の木の枝が鏡写しで池に映り、その中央で小花柄の服を着た少女が背を向けている。やがて鳥の声が響き、波紋が池に広がっていく。

「ここって、心霊スポットなんですよね」

葛城の何気ない呟きに、背後で様子を見守っていた御陵の方が反応し、横にいる音名井の脇腹を小突いた。

「一応、女性の幽霊が出るという噂《うわさ》がある。近くに石神井城址《じょうし》があり、そこの姫が池に身を投げて自害したという伝説が残っている」

「いや、俺は何も感じんけど」

「まぁ、あくまで地域の伝説だからな。歴史的事実とは違う」

二人が小声で囁《ささや》きあっていると、葛城が振り返って手を振ってきた。

「実は私、その伝説のお姫様だったんですよ」

唐突な葛城の物言いに、御陵も音名井も顔を見合わせた。

「私、元々この近くに住んでたんです。それで、ここだと毎年、石神井城のお姫様を選ぶっていうお祭りがあるんですよ。武者行列とか、輿《こし》っていうんですか、そういうのに乗って、お姫様の格好をして街を練り歩くんです」

池のほとりを歩きながら、葛城が昔を懐《なつ》かしむように話し始める。小平は知っている話なのか、何も言わずにただカメラでその姿を追う。

「十三歳の時でした。弟を亡くして、途方に暮れてた時期で、お母さんが立ち直るきっかけになれば、って勝手に応募して。その時は嫌だったんですけど、いざお姫様になってみると、ふふ、なんだか嬉しくて」

「それが、秋子ちゃんの立ち直るきっかけの一つだったんだね」

カメラを構えながら、小平が葛城に声をかける。

「そうですね。弟のことはショックでしたけど、その経験があったから、私もこうして笑えるようになったんだと思います」

葛城が快活な笑みを作った。心を暖かくさせる、少女らしい微笑みだった。

「それじゃあ、これで撮影の最後だよ。七日目に死ぬ呪いによって、君はここで死ぬ。そして弟さんの幽霊が、君を迎えに来るだろう」

「楽しみです。弟に会ったら、沢山色んなことを話したいです。私が、今こうして生きてること。その喜びも、全部」

そう言いつつ、葛城は車椅子に座る飯山の前にひざまずく。

「秋子さん、頑張って」

「いってきます。大好きだよ、あーちゃん」

葛城は飯山の手を取った後、優しく唇を寄せた。背後から見ているだけの御陵と音名井だったが、さすがにどういう顔をしていいのか解らず、そっぽを向くやら、咳払いを残すやらといった次第。

「それじゃあ、呪術を」

小平がカメラを構えつつ、パーカーのポケットに手を入れた。

——おんまかやしゃ。ばざらさとば。

くぐもった音が、辺りに響き渡る。これまで映画の中で聞いてきた例の呪文が、この場で御陵の耳に届いた。

「御陵、これは」

「ああ、恐らくはテープじゃ」

繰り返される呪文の中、背後にチリチリとノイズが混じっている。霊子メディアによって録音された呪文だと気づけた。これならば、音によって、人間の霊子の動きに影響を及ぼすことができる。

「さぁ、秋子ちゃん。もうすぐで君の弟の幽霊が現れる。そこで君は一度死んで、また生き返るんだ」

——じゃくうん。ばんこく。

呪文が風に乗り、木の葉を散らす音に混じって葛城の耳へと届いていく。それを聞く葛城は、どこか安堵したように、その時が来るのを待っていた。

「何か、不思議な気分」

葛城がそう呟いた後、何かを見たのか、瞬時に体を強張らせた。

「あれ、なに」

音が大きくなる。呪文が響く。やがて葛城には何かが見えてきたのだろう、大きく目を見開いて、それを確かめようとする。

「春生《はるお》……、ううん、あれ」

突如、葛城が足を後ろに引いた。

「ちがう」

――はらべいしゃやうん。

「ちがうよ！」

葛城の絶叫が響いた。

「そいつ、弟じゃない、いい！」

次の瞬間、葛城は背後の三宝寺池へと向かって後ずさりする。その光景を受けて、御陵と音名井が駆け出す。

「来ないで！　誰なの？　こっち来ないでよ！」

葛城が虚空《こくう》に向けて手を振り払っている。足をもつれさせ、そのまま大きく池へと身を投じた。水飛沫《みずしぶき》が上がり、周囲に水滴が散っていく。

「しっかりせえ！」

突然の動乱。御陵が誰より早く池に入り、水の中でもがく葛城の体を支えようとする。

「嫌だ！　来ないで、殺さないで！」

御陵に抱えられながらも、葛城は池の中で身をよじって逃げ出そうとする。その様子に、小平もカメラを投げ捨てて池の中へと入っていく。二人がかりで押さえつけるが、それでも葛城は必死にもがいて池の奥へと向かおうとする。

「音名井！　誰かおるか！」

「いや、周囲には誰もいない。むしろ御陵、彼女にだけ幽霊の姿が見えている！」

池のほとりに立つ音名井からの言葉を受け、御陵は水に濡れたコートの内側を探った。

式王子。紙で作られた人形《ひとがた》を手に、御陵は水の中で暴れる葛城の手を取った。

「アンタ、何を見ゆう！　幽霊がおるがかよ、そいつはどこじゃ、どんな奴じゃ！」

「お、男、知らない男の人が、私を、殺し、殺しに、来るよ！」

御陵は舌打ちを残し、辺りの空気を探る。奇妙な霊子の動きは感じられるが、明確に像を結ぶものは何一つない。霊子によって形作られた幽霊であれば、集中すれば姿を見ることができる。それがどういうわけか、この場では何一つ見えなかった。

「殺さないで！」

声を震わせ、葛城が叫ぶ。

「御陵！　霊を祓《はら》え！」

「無茶言うなや、音名井！　俺もこんな状況じゃ——ええい、仕方ない、どうなるかは解らんぜ」

御陵は震える葛城の体を一時的に小平に預け、手にした式王子を虚空に向けて振り始めた。それを依代《よりしろ》とし、周囲に漂う不安定な霊子を集め、姿の見えない幽霊を捉えることができる。

「——けんばいやそばか、魂魄《こんぱく》みじんと打ちつめる」

やがて式王子を空中に向けて放すと同時に、握り込んでいた古釘をそれに目掛けて投げつける。

空気の軋《きし》むような異音が聞こえた。

古釘によって穴を穿《うが》たれた式王子が、ひらひらと舞って水の上へと落ちた。それと共に、それまで暴れていた葛城からフッと力が抜け、一気に腕に重みが掛かる。

「おい、無事か。おい！」

意識を失ったのか、葛城は目を閉じたままで、その身は今にも池に沈もうとしている。

「み、御陵さん、ひとまず秋子ちゃんを助けないと」

小平が御陵と共に葛城を支え直し、池から上がろうと体を動かしていく。御陵もそれに従い、水に濡れた彼女の体を池のほとりへと引き上げる。

「秋子さん！」

葛城の体を砂利の上に寝かせると、飯山が車椅子を押して近づく。ただ事態を見守ることしかできなかったことが悔《くや》しかったのか、悲痛な声をあげ、身を屈めて水に濡れた彼女の体に触れている。

「安心せえ、気絶しちゅうだけじゃ」

御陵は水を含んで重くなったボンタンズボンを、両手で掴んで大きく広げる。ざばざばと染《し》み込《こ》んだ水が地面にこぼれていく。次いでコートを脱ぐと、それを思い切り絞り上げる。内側にしまい込んだ呪具の数々が、地面へと撒《ま》き散《ち》らされた。

「無事だったか、御陵」

「おうの、まっこと面倒臭《たいそ》いこと言いよって。無関係な霊子も一緒に祓ったきに、おんしのお蔭《かげ》で罪もない幽霊も消えたちや」

「それは……、緊急事態だったんだ。許せ」

御陵は濡れたままの拳《こぶし》で、一度だけ音名井の胸を叩いた。

「いや、しかし、秋子ちゃんが無事で何よりだ」

背後からの小平の呟き。御陵が振り返ると、そこで小平は水に濡れた上着を脱いで上半身を晒していた。

その時、御陵は小平の背で人間の顔が奇怪に笑うのを見た。

御陵は思わず顔をしかめたが、再び目を凝《こ》らすと、それが小平の背に残る傷痕だと気づいた。背中の皮膚が継ぎ合わされた、縦横に走る異様な手術痕。

まじまじと見るものでもないと、御陵は目を逸らした。

それでも小平の背の傷痕を見た時の奇妙な感覚を確かめていた。それは以前に触れたことのある霊子に再び触れたかのような、得体の知れない既視感だった。

しかし御陵がその正体に思い至るより先に、音名井が一歩踏み出していた。

「小平監督。先程のあれは、監督の演出だったのですか？」

「そんな、まさか」

音名井からの質問に、小平は何度も首を振った。

「私も、まさか秋子ちゃんがあんなことになるとは。私は普通に彼女の弟の霊を見るものだと思っていて……」

申し訳なさそうに顔を伏せる小平だったが、次第に顔を歪め、何かを嘲《あざけ》るように小さな笑い声を漏らした。

「でも、ええ、でも、良い画《え》が撮れたと思います。とても真に迫っていた。これなら、良い映画が――」

小平が言い終えるより先に、その胸を御陵の拳が打っていた。

「滅多なこと言うモンやないぜ」

御陵が小平を睨みつける。力を込め、小平を押しのけるように握り拳を当てた。

「呪術が素人に扱いきれるかよ。使うてええモンかどうか、しっかり考えや」

射抜くような御陵の視線に、小平は力をなくし、ただ眉を下げて顔を逸らした。それでもなお怒気の衰えぬ御陵に、後ろから寄った音名井が宥めるように手を添えた。

湿気を伴った風が吹き、池に掛かる枯れ枝が揺れた。一瞬の静寂の後、先に御陵が手を離し、横たえられた葛城の方へと顔を向ける。ここで言い争う必要はない。あの少女を助けることを考えるべきだと、そう判断した。

「秋子さんは」

御陵が葛城を抱き起こそうと近づいた時、横から不安そうな飯山の声が聞こえた。

「安心せえ。霊は祓うたきに」

「いえ、いいえ、違います、彼女はまだ狙われているんだ！」

御陵は少女の体を抱き上げつつ、何かに怯えるように顔を両手で覆《おお》う飯山の姿を見た。

「彼女は、きっとあの男の怨霊を見たんだ」

「そりゃあ」

「僕の家族を殺した、等々力の怨霊の姿を！」

少年は絶叫し、池に小さな波紋が残った。

3.

目を覚ました葛城を小平と飯山が送り、御陵と音名井が後始末を終えた時には既に夜となっていた。

「でぇ、霊捜研には戻れんからって」

御陵が隣に立つ音名井を肘で小突いた。

「はぁい、お帰りなさいませ、ご先祖様ぁ」

二人に向かって、愛嬌《あいきょう》たっぷりに栗色《くりいろ》の髪の少女が微笑んだ。

白い死に装束《しょうぞく》にフリルを合わせた特注のメイド服。楚々《そそ》とした仕草。三角形の天冠形のカチューシャには、奇妙な犬のぬいぐるみが縫い付けられている。

死後の世界をモチーフにしたメイド喫茶、イル・パラディーゾ。中野にあるために、霊捜研の所員達は普段の会議の場として大いに利用している。もちろん、この店で働いていた曳月《ひきつき》の差配あってこそだが。

「御陵さんはぁ、これで三回目のご来店ですねぇ。ちなみに私のこと覚えてますか？　ククリちゃんです！」

「ああ、アンタみたいな人間、よう忘れるか」

「えへへぇ、ちなみに御陵さん、ここは来店ごとにポイントが貯《た》まるんで、四十九回来ると次のランクにアップしますからねぇ」

「半端《はんぱ》な数じゃのう」

「四十九日だからな。ちなみに一周忌、三回忌とランクアップしていく」

音名井が眼鏡を上げながら、冷静に説明を加え、自身のポイントカードをメイドへと手渡していた。この空気に慣れ親しんでいる、というか慣れざるを得ない状況に陥《おちい》った相棒に、御陵は僅かながら同情していた。

「それより、曳月さんもすぐに来るはずだ。霊捜研の他の人達はいないが、まずは僕らで状況を整理しよう」

案内された席につくなり、音名井が持ち込んだノートパソコンを開いた。次いでメイドのククリの方へも注文を伝え、早々に人払いまで済ませる。

「まずは御陵、蝶野さんから等々力作美《さくみ》に関するデータを受け取ったんだったな」

「これじゃ。水に濡れたが最近のモンやき大丈夫じゃろう。ああ、それと、死刑になった後のデータが抜けちゅうゆうとったぜ」

御陵から青いメモリースティックを受け取り、音名井が中のデータをパソコン上で確認していく。やがて目当てのファイルに辿り着いたのか、ただ小さく溜め息を漏らした。

「そのようだな。死体検案書が黒塗りにされている」

音名井がパソコンを御陵の方へ向ける。画面上には資料のコピーと思《おぼ》しき画像が表示され、いくつかの文言が上から黒く塗り潰されていた。

「こりゃ、ようあることながか？」

「全くないとは言えない」

音名井は小さく眉根《まゆね》を寄せた。

「前に僕は死刑囚の怨霊は発生しないと言ったな。それは死刑執行時、人間の《怨素》を完全に除去する特殊な薬物を用いているからだが」

「ああ、烏越《うえつ》のオッサンから聞いたぜ。ほいで日本の死刑は薬殺刑になっちゅうがやろう」

「そうだ。だが逆に言えば、人間の《怨素》を完全に消すということは、生きている人間の霊子の動きを止めることもできるということだ。そのために、危険な薬物の製法が漏れないよう、死体検案書を黒塗りにする場合がある」

音名井からの説明を受け、御陵が画面上の死体検案書をまじまじと見つめる。その一部、死因を示す箇所のいくつかが塗り潰されている。さらに目を通すと、付帯事項を書き加える箇所にも大きく黒い線が走っている。

「ここは何じゃ」

「付帯事項か。状況によりけりだが、死体が特殊な状況にあるなら書き加えることもあるだろう。例えば――」

「例えばぁ、死体が実は生きてたとか、ですかねぇ」

脇から現れたククリが、御陵の前へ日本酒を置きながら割って入ってきた。

「なんじゃ、アンタ。いきなり」

「いえいえ、なんだかそんな話を聞いたからですよぅ。都市伝説であるんです。もしも死刑が失敗したら、無罪になって釈放される、っていう」

「そりゃ作り話やろう。いや、それよりアンタ、普通に話に入ってきよったら曳月の奴にどやされるやか」

御陵からの言葉を受け、ククリはハッとした表情を浮かべてから口元でバツを作った。

「内緒ですよ」と、小さく舌を出して笑ってから、再び仕事へと戻っていった。

「ははぁ、なんじゃや。あの子、前よりもお喋りになったのう」

「一ヵ月も働けばメイドさんの方も慣れる。特にこの時期から、メイドさんの地が出てくるしな。彼女も今までは緊張していただけなんだろう」

「なんじゃや、アイドルだけやのうてメイドにも詳しいがかよ」

「当然だ。そういうアイドル性の機微はチェックすべきだ」

「褒めちゃあせん」

御陵が嫌そうに顔を歪めた。対する音名井は気にかける風もなく、運ばれてきたコーヒーに口をつける。

「しかし」

音名井はそこで言葉を止め、何か深く思案するように顔に手をやった。

「すまん、御陵。僕は今の話を聞いて、少し嫌な想像をした」

「なんじゃ、言うてみい」

「突拍子もない話だ。笑うなよ」

「ええから言うてみ」

テーブルの下で、御陵の足が音名井の細い足を打った。

「もしも、小平監督こそが、等々力作美だとしたら」

御陵が仰《の》け反《ぞ》って、大きく笑い声をあげた。その無作法に抗議するように、音名井の鋭い蹴《け》りがテーブルの下で繰り出された。

「僕も本気で信じているわけじゃない。だが、要素を集めると、その可能性が出てきたんだ」

「ああ、いいぜ。音名井警部補殿の名推理を拝聴するちや」

音名井は小さく唸ってから、手元にノートパソコンを引き寄せた。

「まず御陵、お前は小平監督の背中の傷を見たか？」

「ああ、葛城を助けに池に入った後に見たぜ。背中に随分な傷があったねや」

「あれは八年前、小平監督が交通事故に遭った際の傷だ。事故を起こした車は炎上し、監督は重度の火傷《やけど》を負ったらしい。そのため、背中だけでなく、全身に形成外科手術を受けている」

「何が言いたいが」

「これだ」

音名井はそう言って、パソコンに表示されたままの死体検案書の一部を指し示した。

「死体検案書では、等々力作美の死亡日時が八年前の九月十二日になっている。そして、小平監督が事故に遭った日はその僅か三日後、八年前の九月十五日だ」

音名井の冷徹な調子に、御陵は薄ら寒いものを感じた。

「これは偶然だろうか。交通事故によって本当の小平千手《せんじゅ》は既に死亡していて、メイドの彼女が言うように、何らかの事態によって等々力は蘇生《そせい》し、それと入れ替わったのだとしたら」

「阿呆《あやか》らしい。そんなことが——」

「霊子は未知のものなんだろう。捜査にはあらゆる可能性を考えるべきだ」

音名井からの反論に、御陵は短く唸って頭を掻いた。

「そりゃそうか。いや、笑うたがは謝る。けんど、本当に小平が等々力だとして、この事件は何じゃ、何がどうなっちゅう」

「昼にも話したと思うが、小平監督は事故の後に人が変わったようだと言われている。今回の映画についても、ネット上だと様々なことが言われているよ」

流れるような手つきで音名井がパソコンを操作し、ネット上のフォーラムを表示していった。

「警察発表は一部だが、連続バラバラ殺人事件の被害者が小平監督の作品の出演者だというのはネット上で盛んに噂されている。そこでは小平監督が、スナッフフィルムを制作しているとさえ言われているんだ」

「スナッフフィルムてなんじゃ？」

「実際の殺人の様子を収めた映像作品のことだ。多くはフェイクとして作られているが、実際の犯罪者が映像を残していたものも存在している」

「ははぁ、小平は自分が主宰するグループで人を集めて、それで殺人映画を撮りゆうと、そういう噂が流れちゅうがか」

「噂は噂だ。僕は他に動機があると考えているが、いかんせん被害者の繋がりがはっきりしない。無差別に殺されていると考えた方が、自然ではあるんだが」

そこで音名井はコーヒーを口に含む。その背後で、ぼうっと白い影が浮かんだ。

「例えばですけどぉ」

暗がりから幽霊のように現れたククリに、御陵と音名井はそれぞれ身を仰け反らした。

「その犯人、ですかぁ？　その人が、過去に何か事件に巻き込まれててぇ、でも事件を引き起こした相手というのが解らなくてぇ、小さなヒントから怨んでる相手と似た人間を集めてるとか、どうでしょう～？」

「アンタ、いよいよ平然と話に割り込んできよったな」

「推理小説とか大好きなククリちゃんでぇす。御陵さんと音名井さんの話は全然解らないですけど、前にそんなお話を読んだりしたものでして〜」

言うだけ言うと、ククリは何事もなかったかのように席を離れていく。残された御陵と音名井だけが、その言葉の意味を反芻していく。

「もしもの話だが、小平が等々力本人、そうでなくても等々力に親しい人物だと想像したらどうだ。彼のグループには飯山君がいる。彼の証言が等々力の死刑判決に関わったのは間違いない」

「ほいたらあれか、他の奴らも、何かしらで等々力に関わっちゅうと？」

「可能性の一つだ。もう一度、被害者の経歴を詳細に調べてみよう」

ひとまず方針がまとまったところで、御陵と音名井が一休みしようと、それぞれの飲み物に口をつける。その途端、テーブルの中央に巨大なパフェが据え置かれた。

「なんじゃ」

御陵が顔を上げ、パフェを置いた張本人を見た。

「お疲れ様でした。これ、私からの差し入れだよ」

そこでは死に装束のメイド服に身を包んだ曳月が、いつもと同じ、得体の知れない笑みを浮かべて立っていた。

「ああ、曳月さん。調べ物の方はどうでした？」

「ばっちり。ブイブイ！」

お盆を胸に抱えながら、曳月がピースサインを作って微笑んだ。

「調べ物？　ああ、例の呪術を調べよったがか」

「そうそう。ただ色々と調べたけど、先に呪術のスペシャリストたる清太郎《せいたろう》ちゃんに聞いておきたいかな。今回の七日目に死ぬ呪い、それって一体どういうものなのか」

「正直に言うたら解らん。霊能者でもない小平が扱って、どれだけの効果を及ぼせるのかも知らん」

御陵が目の前に置かれたパフェにスプーンを伸ばす。

「お前がそれを言うか」

音名井の方もスプーンを伸ばし、御陵が食べようとしていたチョコレートを奪い去っていく。

「あ、おんしゃあ！　ええい、呪術ゆうがは一筋縄でいかんゆうことじゃ。俺にも解らんモンはある」

腹いせにアイスクリームを根こそぎ奪った御陵だったが、それを口に放ってからは、しばらく黙らざるを得なくなった。

「清太郎ちゃんが悶《もだ》えてるから私が補足するけど、確かに呪いっていうものは、霊子科学や宗教化学の観点からも一概に言えないのよね」

「それは、どういう意味でですか?」

「単純に、その呪術のコードがどう働いてるか把握しづらいから、かしら」

「コード?」と、音名井がパフェをつつきながらの疑問。

「そう、宗教化学での言い方だけどね。ようは、その呪術の手法を理解できるかどうか。私達は日本人だから、お経は聞けば解るけど、英語で聖書を読まれても解らない、みたいな話」

そこで曳月は何かを思いついたように、頬に指を当ててから、悪戯っぽく笑ってみせた。

「黒板を爪が剝がれる勢いで引っ掻く」

唐突な物言いだったが、アイスを咀嚼し終えた御陵も、生クリームを口に運んでいた音名井も、一様に嫌そうな顔を浮かべた。

「どう? なぁんか嫌な気分になったでしょ。それが呪術のコードの喩え。耳から入った文言は、脳の奥で意味を作って、想像させて、皮膚感覚や聴覚に影響を及ぼす。でも黒板を引っ掻く音を一度も聞いたことがない人は、今の言葉には何も感じないと思う」

「なるほど。しかし、小平監督が使う呪術は、音を聞いても意味が解らない言葉の羅列だったが」

「ははぁ、大事なのは場所よ。小平は自分のグループで、出演者に呪術の意味を伝えちょる。つまり、あの音を聞くと幽霊を見る、ちゅうてな。いわば暗示か洗脳じゃ」

「それなら、十分に効果はあるんだろうな。小平監督は、それこそあのグループで教祖のように振る舞っていたんだろう」

御陵と音名井が言葉を交わしている間、曳月はお盆を口元まで引き上げ、目だけで笑っているようだった。

「でぇ、さっきから曳月はどういて勝ち誇った顔をしゆうがで」

「んふふぅ。言ったでしょ、調べ物はばっちりだって」

そう言って曳月は、着物の胸元から紙資料の束をちらりと覗かせる。妖艶な調子で「これなぁんだ」と問いかけてきたので、有無を言わさずに御陵がそれを奪い取った。情けない悲鳴が返ってきたが、それも無視して資料に目を通していく。

「こりゃあ、呪術に関するデータか」

「そう、例の七日目に死ぬ呪いって、本当は七日目に幽霊が見えるっていう呪術なんだよね。私、それって一種の降霊術じゃないかと思ったの」

「降霊術ゆうたら、イタコなんかの口寄せか」

「そう、一般的には霊能者が空中に漂う霊子を取り込んで、幽霊の声を聞いたり、その姿を見せる方法だけど、場合によっては一般人でも幽霊を見ることができるようになる」

御陵が資料を一通り読み終えると、今度は曳月がそれを奪い取って自身の胸の前でめくっていく。

「そもそも、降霊術っていうのはね、人間に残る他人の霊子を増幅させて、幽霊として目に見える形にするものなの」

「あれじゃろう、人間の《縁》じゃ。人は生きてる内に他人の霊子を取り込んじょる。特に親族や友人ら、親しい人間ほどにその密度は濃くなりゆう。それが知り合いの霊を見ることが多い理由じゃ」

「そゆこと。小平監督が使う呪術も、出演者の体に残る他人の霊子を増幅させて、死んだ人の姿を見せてるっぽいのよ。出演者は一様に、事故や災害で親しい人を亡くしてるから、普通の人よりもこの呪術にかかりやすいんだと思う」

曳月が紙をめくりながら話していると、突如として音名井が、何かに気づいたのか「ああ」と声をあげた。

「そうだ。御陵、お前も見ただろう。あの少女、葛城さんが等々力の霊を見る直前、飯山君の頬にキスをしていた」

「そういえば、ああ、そうやったな」

「飯山君の方は、実際に等々力に襲われたんだ。微量だろうが、彼の体には等々力の霊子が残留しているはずだ」

音名井の言葉に、今度は曳月が声をあげた。

「接触に伴う霊子の移動、十分に考えられると思う。見ず知らずの人の幽霊を見る場合、どこかでそれに関わる人と接触しているっていう記録が残ってるし」

「そうだとしたら、今度は別の可能性も出てくる。一連の事件は、本当に等々力の怨霊の仕業によるもので、被害者達は飯山君と接触したために等々力の霊子の影響を受けたんだとしたら」

音名井と曳月、それぞれが持論を披露し、事件への推理を深めていく。御陵はそれらを黙って聞いていたが、いずれの意見も決定的な何かに欠ける気がした。とはいえ、それも直感に過ぎず、あえて口にすることもない。

「こりゃ、ちくと長引きそうじゃのう」

何かヒントになるものはないかと、御陵は何気なく音名井のノートパソコンに手を伸ばす。表示されたままの死体検案書の画像をスクロールさせ、細部に目を通していく。それらを見た後、最後に死体検案書を作成した人間の署名欄が映った。

ああ、と驚嘆の声が曳月の方から漏れた。

「ちょっと待って。その署名欄、よく見せて」

曳月が御陵の方へ顔を寄せて、パソコン上の死体検案書をジッと見つめている。

「なんじゃゃ。えらい達筆やき、俺にも読めんが」

「宇都宮《うつのみや》、法水《ほうすい》」

唐突な呟き。眉を寄せ、何かを堪えるような曳月の横顔。

「そりゃ、確か曳月の恩師か」

「うん。そう、このサインは先生のものだよ。宇都宮先生は当然、例の《怨素》を消す死刑方法にも関わってるから、この検案書も先生が作ったんだと思うけど」

曳月が声を潜めた。険しい表情に、自分が向き合っているものへの恐怖が滲《にじ》んでいる。死刑囚の怨霊による祟り事案《インシデント》、それを捜査によって暴くということは、現行の死刑制度に疑義を唱えることになる。その矛先を向けるべき相手の姿が、曳月の目には映っているようだった。

「大丈夫、気にしてらんない。私達は何より、事件を解決しなくちゃいけないんだから」

曳月が顔を上げる。香水の匂《にお》いを追うように御陵が首を振ると、その先で曳月が気丈に笑っていた。

「おう、あんまり根を詰めなや。その宇都宮ゆう相手は、俺らにしたら知らん人間やけんど、曳月にしたら荷が勝ちすぎる相手やろう」

「へーき。むしろ突破口よ。私なら宇都宮先生に会えるから、等々力作美の死刑についても聞けるはず。その辺は、どーんと任せちゃいなさい」

曳月が愉快そうにお盆を回しつつ、可愛らしくポーズを取る。無意味な自信にも見えるし、無理に鼓舞《こぶ》しているようにも見える。御陵はただ薄く笑みを作って返した。

「それより音名井、さっきから無言でどういたが？」

御陵が対面に視線を戻すと、そこで自身のスマートフォンを握りしめる音名井の姿があった。

「御陵、すぐに出るぞ」

正面を向いた音名井の表情に、隠しきれない狼狽《ろうばい》の色。

御陵は嫌な気配を察し、即座に腰を浮かした。何も言わず、音名井も自身のジャケットを取り上げ、既に店の外を目指して歩き始めていた。

「曳月さん、すいませんが、後は」

「何か、あったのね」

音名井が重々しく頷いた。

「蝶野さんから連絡がありました」

ここで御陵が音名井に並び、背後に残した曳月の心配そうな顔を確かめた。

「飯山君と葛城さんが、等々力の怨霊に襲われたらしい」

4.

夜の石神井公園を三人の男が駆けている。

「一課の人間が、飯山を見張っていたんだ」

夜闇を裂くように走るダークスーツの男——蝶野が、後ろをついてくる御陵と音名井に声をかけた。

「葛城が倒れた後、飯山は一緒に彼女の家に行ったんだが、その後に自宅に戻ることになり、今度は目を覚ました葛城が彼を送ることになった」

「ほいで、飯山をつけちょった一課の人間が、襲われた飯山を見つけたゆうがか」

「ほんの少し目を離した時だったらしい」

蝶野が苛立《いらだ》たしげに言葉を吐いた。

「争う声に気づいて捜査員が駆け寄ると、そこに倒れた飯山と、おびただしい血の跡があった」

御陵と音名井は、それぞれ口の中に溢れる苦いものを噛み殺した。

「飯山は手と顔に軽い怪我《けが》を負っていたが無事だった。しかし、その場に葛城の姿はなかった」

「それで、等々力が彼女を連れ去った、と」

音名井からの問いに蝶野は頷きながら、そこで足を止めた。前方では黒曜石のような水面が、等間隔の灯りを反射していた。

「飯山の話では、等々力は石神井公園の方へ向かったらしい。昼のことも聞いた。この三宝寺池を両端から捜すぞ」

　分かれ道の中央に立ち、蝶野が左右を見回す。音名井もその間に、スーツの内側にしまい込まれた拳銃《けんじゅう》を確かめたようだった。

「怨霊が相手じゃ。俺なら一人でやれるき、二人はあっちから回っとぉせ」

　一刻の猶予《ゆうよ》もない。三人は無言のまま分かれ、人の入ることもない公園の道を駆けていく。

「葛城！　おるか、葛城！」

　御陵の叫びが虚《むな》しく夜の空気に溶けていく。

　公園に設けられた僅かな街灯の光を頼りに、御陵は細い道を走っていく。駆けるほどに、木の葉の踏み潰される耳障りな音が、後方へと反響していく。右方に広がる三宝寺池の黒い鏡面に、遠い人家の灯りが反射している。

　蛇が背を這うような不快感。澱んだ水の臭い。耳朶《じだ》を侵す霊子の軋み。暗い池が日常の中にぽっかりと隙間《すきま》を広げ、ここではない異界へと繋がっているような錯覚を与える。

　ふと何かが焼けるような異臭を感じた。それが霊子の奇妙な連なりだと、御陵は直感的に理解していた。自身が走るこの道を、直前まで何者かが通っていたのだ。それは人間のものではない、複雑に絡んだ霊子の臭いを漂わせるもの。

　――この臭いは。

御陵は足を止め、おもむろにコートの内側を探った。そこには、以前に林《はやし》から借りたままの羅盤があった。

微《かす》かな灯りの中、御陵は小さな羅盤を手の上に載せる。

羅盤の中央で数値が激しく動いていた。場に残る霊子が強力な磁場のように働き、この小さな測霊機器を惑わせているようだった。しかしやがて、それらの数値が一つの霊子の形を示した。

それは、これまでの事件の死体から検出された霊子と同じものだった。

御陵は羅盤の数値を確かめつつ、再び夜の公園を走り始めた。一歩踏み出すごとに、測定した霊子の濃度が上がっていくのが解った。機器だけではない。三宝寺池の方から、奇妙な霊子の群れが体を刺すように迫ってくる。

御陵が顔を上げる。

暗い道の先に、背の高い男が佇んでいた。白いトレーナーを着た男は、背中を向けたままゆっくりと歩き出す。

怨霊の姿。

街灯の光に照らされた瞬間、男の姿は忽然《こつぜん》と消え去る。決して生きた人間ではない。それは御陵だけに見えた霊の姿だった。

御陵は迷うことなく、池の外周の道を走った。

背に迫る気配、先を行く気配、あるいは自身に依《よ》り憑《つ》こうとする気配。無数の視線に晒されるような感覚の中、御陵は昼間に撮影で訪れた池のほとりへと近づいた。

「葛城」

小さな呟きが、風に乗る。黒い水面が揺れ、波紋が街灯の反射を散らしていく。

砂利を踏んで、御陵が一歩、池の方へと近づいた。

池の色が変わっていた。黒の中に、より深い黒がある。その黒は、池のある一点から今も吹き出しているようだった。

何かが漂っている。水面に髪が広がっている。薄桃色の服が街灯に照らされている。そこから溢れ続ける黒が、暗い池を染めていく。

「葛城、葛城か」

一人の少女を呼び戻すように、御陵が言葉を吐いた。

ごぽ、と不快な音を立てて、池に沈んでいたそれが、水面へと姿を現す。

葛城秋子の死体が池の底より浮かび出た。

5.

池のほとりに置かれた簡易投光器が、周囲を白く照らし出している。青服の鑑識課員が付近を回り、遺留物を発見しようと慌ただしく動いている。

御陵は何気なく振り返り、夜の公園に張られた規制線の色を確かめた。あれは日常と非日常の区切りだ。自分は間違いなく、その内側にいる。刑事である音名井や蝶野もまた同様に。

しかし、彼女は違ったはずだ。あの少女は、実にあどけない夢を描いて生きていたのだろう。悲劇を乗り越え、新たな人生を間違いなく送っていたはずだ。

それが今、全身から水を滴《したた》らせ、ビニールシートの上に寝かされている。強張った表情に滲んでいるのは恐怖ではなく、何かへの戸惑いのように見えた。自分が死ぬはずはない、あるいは差し迫る死から逃げようとする必死さ。

「これで、四件目だな」

蝶野が吐き捨てるように言った。

「死因は腹部を刺されたことによる失血死。凶器は大型の包丁だった。池の底から見つかったよ。また刃こぼれが激しいらしい。恐らく、これまでの事件で、遺体の解体に使われたものだ」

鑑識から報告を受けた蝶野が、御陵と音名井に伝えている。

「間違いなく同一犯だ」

あちこちで捜査員達の声が聞こえる。指揮を執る一課の刑事、池の周囲を調べる鑑識官。公園の外では、行方をくらました等々力の足取りを追って、今も多くの警官達が走り回っているだろう。

そうした中にあって、御陵は冷静に状況を見守る自分に気づいた。

「音名井、葛城はバラバラやない。そのままの綺麗《きれい》な死体じゃ」

「ああ。遺体を解体する目的が隠蔽だったのなら、犯人にとっても時間がなかったのだろう」

「そういう意味やない。今までは体が一部やったき、そこから《怨素》が見つからんがやと思うちょった」

御陵はコートの内側から三五斎幣を取り出すと、おもむろに葛城の死体へと歩み寄る。寝かされたままの彼女の体に三五斎幣を置き、口の中で短く祭文を唱える。

「思った通りよ。体が全部揃うちょっても、この死体からは《怨素》を感じられん。まさしく空っぽよ」

御陵が振り返ると、音名井と蝶野が苦い顔を浮かべている。

「拝み屋君、俺が言うのもあれだが、何者かに殺されて《怨素》が出ないというのは理解できないな」

「俺もよ。祟りゆうがはまっこと手こに合わん」

御陵は葛城の胸から三五斎幣を取り上げる。水と血液に湿り、黒く変色した紙片。御陵はそれを握りしめ、二人の方へと戻っていく。下駄で砂利を踏む音が響く。怒りに任せて小石を蹴るような、重く、長い歩調。照明に映し出された長い影を引く。

「まっこと、しょうまっこと道理やない」

御陵が大きく踏み込んだ。踏まれた砂利が小さく飛ぶ。

「けんど、その道理に合わんモンを道理に落とすがが、俺らの役目やき」

握り締めた三五斎幣を押し付けるように、御陵が音名井の胸に拳を当てた。逆光の中、音名井はそれを受け取ると深く頷いた。

そこで音名井が何か言おうと口を開いたところで、

「秋子さん！」

夜の公園に絶叫が響いた。

声の方を向くと、規制線の向こうで、車椅子に座る飯山と、それを押す小平の姿が目に入った。

「生石《いきいし》！　何してる、二人を連れていけ！」

蝶野が叫ぶと、現場で臨検に当たっていた一人の捜査員が、巨体を揺らして規制線を越えていく。

「秋子さん！　秋子さん！」

顔に包帯を巻いた痛々しい姿で、飯山はなおも叫び続ける。車椅子から転げ落ちながらも、這うようにして規制線を越えようとしていた。それを背後から呆然《ぼうぜん》と眺める小平と、少年を助け起こす生石の姿が対照的に映った。

「近くまで来て貰っていたが、見せるべきじゃなかった」

蝶野が忌々しげに呟く。規制線の向こうで、生石が二人を押《お》し止《とど》め、庇《かば》うように背を向けている。こちら側に来てはいけない。それは物理的にも、観念的にも。

「秋子さん、なんで！」

飯山の悲痛な叫びがこだまする中、一人、小平だけが恍惚《こうこつ》とした表情で葛城の死体を眺めていた。

「秋子ちゃん。君の最期、撮りたかったよ」

人々が騒ぐ中で、小平のその声だけが異様に響いた。

第四章——キメラ

1.

同じ霊子《りょうし》を持つバラバラ死体。七日目に死ぬ呪い。死刑囚の怨霊。自ら川へと向かう死者の足跡。入れ替わったと噂される男。

数多くの不条理が、祟りという不可視の糸で括《くく》られている。

あり得ざる出来事が次々と起こる。やがて人々は恐怖し、つい足を止めようとしてしまう。そうした時、御陵《みささぎ》は祖母の教えを強く思い出す。

世の道理は人の道理、理外にあれども道理は道理。

いかに不条理に見えようとも、それは未だに解明されていないだけであり、必ず道理が働いている。そうした祖母の教えは、心霊科学というフィールドに立った御陵にとっても重要な指針となった。

いかなる祟りであれ、必ずそこには理由がある。

そして、それを解明するだけの力が霊捜研にはあるのだろう。御陵は自分の手元に分厚い資料が配られた時、それを強く実感した。

「今回の葛城秋子《かつらぎあきこ》さんの検視結果だよ」

霊捜研の研究室、集められた所員を眺めながら萩原《はぎわら》が冷淡に告げる。曳月《ひきつき》は顔をしかめ、林《はやし》は唸り、吾勝《あがつ》は眉をひそめた。音名井《おとない》は部屋の後方で立ったまま、それらの資料に目を通していく。

「僕は彼女を直接知らないから、もしかしたら不謹慎な言葉を言うかもしれないけれど許して欲しい。でも、今回の検視で多くのことが解ったんだよ」

一同を前に、萩原がプロジェクターで画像を映し出す。

「最初に葛城さんの状況を確認しよう」

スクリーンには、銀色の寝台に寝かされた葛城の写真が映る。唇を青くさせ、白くなった肌を露《あらわ》にした死体の姿。安らかに眠っているように見えるが、その腹部には大きく横に広がる裂傷があった。

「死因は腹部を刺されたことによる失血死だけど、体には他にも細かな傷がついてた。僕も司法解剖に立ち会ったから解るけど、あれは防御創だね。特に腕に切り傷が多い。刺されそうになったのを、何度も防ごうとしたんだろう」

「つ、つまり、彼女は何者かに襲われ、最後まで抵抗していた、と」

「そう。この辺は飯山《いいやま》君の証言にも関わると思うけど。この辺は高潔《たかきよ》君、どうなってるかな」

萩原に振られ、音名井が手元の資料を何度かめくる。

「彼の証言では、暗闇からいきなり等々力《とどろき》が現れ、包丁で襲い掛かってきた、と。飯山君はそれに抵抗し、顔と手に切り傷を負ったそうです。同時に襲われた葛城さんも抵抗したんだろうが、致命傷を受け、その後に等々力によって連れ去られたらしい」

それを聞いた萩原は、いくらか唸った後に、スクリーンに新たな画像を表示させる。

「これが、祟り事案《インシデント》の祟り事案たる所以《ゆえん》なんだろうね」

萩原が悩ましげにスクリーンを仰ぎ見た。そこには、凶器として使われた包丁の写真が映っている。大ぶりのもので、ところどころに刃こぼれの跡が見られた。

「凶器の包丁からは、二人分の指紋しか見つからなかった。つまり、被害者である葛城さんと飯山君のものだ」

萩原が告げると、職員達の間に小さな緊張が走る。

「飯山君の指紋は包丁を奪おうとしたもので、葛城さんは恐らく、自分に刺さった包丁を握りしめていたんだろう。しかし、肝心の犯人の指紋が見つからなかった」

「手袋してたんじゃないスか？」

「それはもちろんそうだけど、これが祟り事案だということを考えれば、別の可能性も生まれてきてしまう」

萩原は再びプロジェクターを操作し、画像を新たなものへと切り替える。次に映し出されたものは、葛城が発見された三宝寺池の周囲の写真だった。

「事件直後、鑑識が撮ったものだけど、これをよく見て欲しい」

電灯の光に照らされた事件現場の写真。黒い池に向かって広がる砂利の上に、証拠を示すマーカーが置かれていた。

「これは足跡だよ。それも荒川の事件と同じ、池に向かっていく片道分の足跡しかない。一応、葛城さんを助けようと池に近づいた清太郎《せいたろう》君の足跡もあるけど、それは抜きにしてね」

片道分の足跡。池に向かってマーカーが点々と置かれている。何者の足跡であるのか、御陵にはそれが解っていたが、つい口に出せないでいた。

「池に向かう片道だけの足跡、靴跡や踏み込みの重さから言って、間違いなく被害者のものだよ」

萩原の言葉に、吾勝と林が息を呑む。現場を見ていた音名井は、そこから導き出される可能性に気づいて目を伏せた。

「怨霊なら足跡も残らない。当然、指紋もね」

「ちくと待てや、萩原。それを言うたら、怨霊は刃物を握れん。ましてや人間の体をバラバラにするなんぞ」

「そう、そこがこの事件の一番の謎だ」

萩原の鋭い視線が御陵を捉えた。

「この事件に怨霊が関わっているのは確かだと思う。けれども、人を刺し、また遺体をバラバラにするなんてことは、物理的な接触がない幽霊では絶対にできない」

萩原の言葉に、誰も口出しすることができなかった。全員が一様に、この事件の奇妙さを理解していた。怨霊でなければあり得ない状況に、人間でなければ達成できない犯行。

無言の時間が溢れた後、空気を改めようとした萩原が部屋の端まで歩いていく。そこの机に置かれていた小さなトレイを持ち出すと、今度はその中身を全員に示した。

「解らないものは一旦棚上げにしよう。今は解るところから情報を整理しよう」

萩原が掲げたものは、ビニール袋に収まった二枚の紙片だった。一つは血と泥に塗《まみ》れた三五斎幣、もう一つは中央に穴の空いた式王子だった。

「ありゃ葛城の霊子を取ったモンと、池で霊を祓った時に使うたモンや。ああ、近くにおった葛城の霊子も取り込んだがじゃろう」

「一応、あの後に僕が回収しておいた。ただ、こんなことになるとは思わなかったがな」

部屋の後方で音名井が力なく首を振った。

「何にせよ、これのお蔭で葛城さんの生前の霊子サンプルが取れたよ。これまでの被害者の生前の霊子は解らなかったからね」

紙片の詰まったビニール袋を御陵の方へ手渡してから、萩原はプロジェクターを操作し、スクリーンに新たに画像を表示させた。

そこには見慣れた霊子型と、もう一つ、それとは大きく形を違える霊子型が表示されていた。

「一つは検視で出た葛城秋子さんの霊子型で、そっちの三五斎幣についていたものと同じだよ。何度も見てると思うけど、これまでの事件で検出された型と同じものだ。そしてもう一つは、そっちの式王子に付着していた葛城秋子さんの生前の霊子型だよ」

萩原はそこまで言うと、一度だけ自身の長髪を掻き上げた。

「予想通り、被害者は全員、事件の前後で別の霊子型に変化していたんだ」

萩原の言葉に、林がおずおずと手を上げていた。

「い、今更聞くのもあれなのですが、人間の霊子が変化するなど、あり得るのでしょうか?」

「そうだね。霊子の変容については、心霊科学的にも意見が一致していないけれど、例えば記憶障害や解離性同一性障害で、人格の連続性が失われた時なんかは、霊子型も変化しているのが確認されている。今回の件だと詳細は解らないが、霊子が変わった要因なら、おおよそ推理できるだろう」

かん、と一区切りつけるように下駄の音が響いた。

「そりゃ七日目に死ぬゆう、例の呪術よ」

御陵が声をあげると、萩原が大きく頷いた。

「俺もまだ呪術の正体はよう摑めん。けんども、それが人間の霊子に干渉するモンがやったら、霊子が変わることも納得できろう。おう、音名井、刑事としての意見はどうじゃ」

「僕も異論はない。何らかの要因で被害者の霊子が変化したのは確かだ。これが同じ霊子を持つ死体という謎の答えだろう」

ただ、と音名井が言葉を続けながら、自らの手帳を開いた。

「それが呪術によるものかは、まだ疑問の余地が残る」

「どういうことじゃ？」

「零課の方で、例の『生きている人達』の一作目と二作目の出演者について調べていたんだ。そして少し古いデータになるが、それら出演者の霊子型も判明した。しかし、その霊子からは今回の事件で検出されているものは出てこなかった。二人とも映画の中で呪術をかけられているのにも関わらず、だ」

音名井の答えに対し、萩原が両手を挙げて「ああ」と嘆息した。

「なるほど、そういうことだね。呪術そのものが原因じゃないかもしれない訳だ。もっと別の理由があるのかもしれない。それこそ、死んだからこそ霊子が変わった、とかね」

萩原の言葉を受けた後、御陵は何気なく手元に残った紙片を見た。

ふと、赤黒く染まった三五斎幣から不自然な感触を得た。姿の見えない虫が手の上を這うような嫌な感触。御陵はその感覚を知っている。

「なぁ、萩原。この三五斎幣から《怨素》《おんそ》は出んかったがか」

顔を上げた御陵に、萩原が複雑な視線を送る。

「いや、これまでと同じだよ。そこから《怨素》は検出されなかった」

「違う。この霊子から出る《怨素》やない。今までは細い霊子《こんま》しか見えんかったき、よう解らんかったが、この霊子の方に別の《怨素》が付着しゆう」

「別の、《怨素》？」

「前に曳月が話しとったな。《怨素》の発信元と受信先ゆう話じゃ。それならこれまで出んかったがは、発信元としての《怨素》よ。けんど、受信先としての《怨素》は見たがか？」

御陵がそう言うと、萩原は何かに思い至ったのか大きく目を見開いた。

「この霊子自体に、他の誰かの《怨素》が残っちゅうねや」

萩原が納得したように唸った。新たな可能性に気づき、即座にノートパソコンを開いて確認していく。

「待ってくれ、清太郎君。いや、その可能性は考えてなかった。確かに霊子型には《怨素》の断片のようなものが見える。もっと詳しく調べないと解らないけど、これは――」

「その《怨素》の持ち主を調べれば、この霊子が変わるゆう現象も解決するかもしれん」

僅かに見えた光明。複雑に絡んだ撚《よ》り糸《いと》を解く、そのための最初の結び目。

「それじゃあ、僕は早速、この霊子から《怨素》が出ないか調べよう」

萩原がプロジェクターを消すと、研究室に電灯の光が満ちる。

「じ、自分はもう一度、石神井公園で測霊を行ってきます」

林が立ち上がり、大きく影を作った。

「あ、じゃあ、えとえと、ウチは小平《こだいら》監督のこれまでの映画を確認してるッスよ。映画の中から何かヒントが見つかるかも」

吾勝もまた得意げに、手を上げて存在を示した。僅かに捜査が進展する手触りに、所員達もにわかに活気を取り戻したようだった。

「僕と御陵は捜査を続けよう。飯山君や小平監督について調べておきたい」

それぞれが自分の役割を果たそうと動き始める。そうした中、ただ一人、曳月だけが思い詰めた表情で座っていた。

「どうした、曳月。いつもならここで騒がしくしよるのに」

「あ、ううん。えっと、あのね」

御陵に促され、曳月も周りから遅れて立ち上がる。普段とは違うその悩ましげな様子に、所員達も心配そうに彼女を見つめていた。

「例の呪術、あれの捜査って結構手詰まりじゃない？　それで、なんだけど、もしも呪術をかける現場に居合わせれば何か解るかも、って」

「あぁ？　何を言いゆう」

「つまりね」

曳月は小さく唇を嚙んでから、いつもと同じお気楽な笑みを作ってみせた。

「私、小平監督の映画に出てみよっかな、って」

2.

霊捜研ではいくらか紛糾《ふんきゅう》したものの、結局、曳月の提案は受け入れられ、その日の内に小平に希望が伝えられた。小平の方も、曳月が新たな撮影対象者になることを喜び、早速、翌日から撮影は開始された。

「小平監督は、とにかく映画を完成させたいらしい。葛城さんの事件によって、前回の映画は公開できなくなってしまったからな」

カフェに陣取った御陵と音名井が、離れて座る曳月と小平の様子を窺っている。

「とはいえ、ここまで来ると妄執だ。連続殺人事件の渦中にいて、それでも映画を撮ることを優先しているんだからな」

「確か、小平は死んだ奥さんのために映画を撮るがやろう。俺は芸術家の考えらあ解らんけど、そういう人間の考えはよう解るちや」

御陵がテーブルからアイスコーヒーを取り上げ、カラカラと氷ごと口に流し込む。

「ま、贖罪よ。死んだ人間に後ろめたい思いがある。そやき、それを達成するためならなんでもする。そういう生き方じゃ」

「それを言ったら、曳月さんも同じなんだろうな」

音名井が御陵越しに、四人席で楽しげに小平と話している曳月の方を見ていた。

「あの人は、葛城さんの死に特に心を痛めていたからな。どうしても事件を解決したいんだろう」

それを聞いて、御陵は曳月の心に陰っていた感情に気づいた。

相似だったのだろう。曳月は葛城を羨ましいと言った。弟の死を乗り越え、新たな人生を送っていた少女。だからこそ、彼女の死は曳月にとって、自分が切望した別の未来が閉ざされたことに他ならないのだろう。

死んだ者のために、何かをなす。

「なるほど、アイツも同じじゃ」

そこで御陵は、自身の耳につけたイヤホンの調子を確かめる。その先からは愉快そうな曳月の声が聞こえてくる。

「ほいで潜入捜査か。えらい度胸やか。小平が犯人かもしれんゆうのに」

「その危険性は伝えてある。だからこそ僕らが傍についているわけだし、恐らくは一課の人も近くにいるだろう」

「なんにせよ、目的は例の呪術の正体を掴むことやき」

「その辺はお前に任せるしかない。頼んだぞ」

御陵は気安い調子で手を振って、再びアイスコーヒーに口をつけた。

耳の向こうでは、依然として曳月の話が続いている。小平の〈サバイバーズ〉で不機嫌になった理由、即《すなわ》ち、自身の弟の死についての話。触れられたくない傷痕だったそれを、捜査のために開いてみせる。その痛みと釣り合うだけの錘《おもり》を手に入れようとしている。

「あれだけやられたら、俺も本腰入れんといかんちや」

御陵が耳に意識を集中した矢先、ふと自身の横を通り過ぎた奇妙な芳香に気づいた。息の詰まるほどに清冽《せいれつ》な白檀《びゃくだん》の香り。すれ違った客の香水。しかし、それはどこか懐かしく、かつ言い様のない不安を掻き立てるものだった。

思わず御陵が振り返り、今しがた自分の横を通った人間を確認する。華奢な体軀の男性だった。短く結んだ艶《あで》やかな黒髪、白いスーツの背、そして特徴的な立ち襟のローマンカラー。

「どうした御陵——」

音名井が話しかけようとした瞬間、カフェの奥から女性の悲鳴が聞こえてきた。加えてそれは、御陵のイヤホンから何倍にも増幅されて響いた。

思わず唸ってイヤホンを投げ捨てたが、それでもお構いなしに悲鳴は続く。御陵が怨みがましく背後を見れば、そこで曳月が席から立ち上がり、白いスーツの男性に駆け寄っている。

「十聖《じゅうせい》くぅううん！」

カフェに響き渡る声に、多くの客が曳月の方を向く。ようやく自身の痴態《ちたい》に気づいた曳月が、申し訳なさそうに周囲に頭を下げている。対して、黄色い歓声に出迎えられた白スーツの男は、それでも動じることなく、曳月と小平の近くの席に優雅に腰掛けた。

「なんじゃ、あの男は……」

白スーツの男が席についたことで、ようやくその顔を見ることが叶った。

少年の如く甘い笑顔。切れ長の目に慈しむような輝きを湛《たた》え、花が咲いたように笑っている。多く見積もっても二十代半ば、場合によっては十代にも見える不思議な顔だった。

「なるほど、彼が今回の霊能者というわけか」

「あぁ、音名井は知っちゅうがかよ」

「テレビなんかで、ああ、東京に出てきたばかりのお前は知らないか。だが見覚えはあるんじゃないか？　以前、小平監督のパーティにも来ていたぞ」

音名井に言われ、御陵が今一度、不自然にならないように白スーツの男を見れば、確かにどこかで見覚えがある。確かにあるが、それは思い出したくない類《たぐ》いのものでもある。

「ああ……、曳月が机に写真を飾っとったわ」

御陵が顔を戻すと、そこで音名井がスマートフォンを取り出し、先の人物の情報を見ていた。

「堀《ほり》十聖。巷《ちまた》では美少年教誨師として有名な霊能者だ。美少年とは言うが、年齢は非公開だから正確なことは誰も知らない」

「教誨師ゆうがはなんじゃ？」

「刑務所などで受刑者に説法や説教を行う宗教者だ。仏教僧やキリスト教の神父や牧師が担う。死刑執行の前に死刑囚に話しかける役目として、ドラマなどでも描かれているな」

その言葉を聞いて、御陵が僅かに顔を寄せる。

「おい、死刑囚ゆうたら」

「等々力か。いや、あり得ないな。等々力の死刑執行は八年も前だ。その頃の堀十聖はまだ十代だろう。教誨師として働けるはずもない」

そうか、と短く息を吐いて御陵が姿勢を直した。

「兎《と》にも角《かく》にも、曳月が追っかけしゆうアイドル教祖の一人やか。はぁ、そりゃあアイツも取り乱すか」

テーブルに置いたままのイヤホンからは、未だに曳月の声が響いている。何を言っているかは解らないが、あの堀という男に出会えた喜びを表現しているだろうことは容易に想像できた。

「おい、御陵。曳月さん達が移動するようだ。僕らも後を追おう」

僅かに振り返ると、確かに三人が荷物をまとめてカフェを出ようとしているところだった。

「恐らく、この後に撮影を始めるんだろう。そして、そこで例の呪術をかけるはずだ」

店を出る曳月達の後を追い、御陵と音名井も席を立った。


キィキィとペダルを漕《こ》げば、パシャパシャと水を掻く気の抜けた音。

井《い》の頭《かしら》公園には木々の緑、池の碧《あお》が映えている。池のほとりを行き交う人々の顔も晴れやか。曳月はボートの上で、カメラを構える小平に向かって笑顔を向ける。一緒に乗り込んだ白スーツの堀も、オールを使って悠々と小舟を漕いでいた。

——私、この近くの大学に通ってたんです。井の頭公園へもよく来てました。弟と一緒に来たこともあります。

イヤホンの向こうから、曳月の殊更に明るい声が聞こえる。自然と湧《わ》いてくる大学生時代の思い出を、カメラに向けてとつとつと語っていた。

「石神井公園の後は井の頭公園か」

音名井がペダルに力を込める。

「思えば、今までの事件は福島の調整池に都内の公園の池、荒川と、どれも水に近い場所だな。当然、遺体を捨てる場所として都合が良かったんだろうが」

「前の事件も多摩川で起きたきに、理由はそれだけやないがやろう」

御陵もまたペダルに力を込め、ボートで池を渡る曳月達の後を追う。

「霊子地理学の知識だな。霊子が水辺に集まりやすいという」

「ほうよ、心霊スポットの多くが水辺よ。そりゃ霊子が水に溶けやすいき、自然と幽霊が現れるや。そやき、呪術を行うには、こういう水の多い場所が良《え》いがよ」

厚い雲間から陽光が差す。深緑の井の頭池に照り返された光が、御陵の目に入った。

「それは良いとして、だ」

音名井が足を止めた。

「なんというか、大人が二人でスワンボートに乗る姿というのは、どうにも間抜けな姿、というか」

「はぁ⁉　曳月達を見失わんように乗ろうておんしが言うたやか」

御陵もまた足を止める。井の頭池の中央で、陰陽師と刑事を乗せたスワンボートが凛々《りり》しく白鳥の首を彼方《かなた》へ向けた。

「僕はサイクルボートにしようと言っただろう！」

「あっちは待ち時間があるき、急いでこっち選んだがじゃろう。それとも男二人で恋人みたいに小舟を漕ぐ方が良かったがか？　ええ？」

二人が言い争っていると、横を別のスワンボートが通り過ぎる。父親に連れられた子供が笑っていた。大の男が二人、何とも言えない状況に陥っていることを再認識させられる。

それ以上は何も言わず、御陵と音名井は共にペダルへ足をかけた。キィキィと情けない音が後に続く。

「揉《も》めてる場合じゃなかったな、見ろ御陵、やはりここで呪術を行うようだ」

御陵が小型の双眼鏡を覗くと、曳月達のボートが池の中央で止まり、オールから手を離した堀が何かしらの準備を始めていた。

――それって、どういう呪術なんですか？

イヤホンからも、曳月が呪術について尋ねている様子が聞こえてきた。集音状況が悪く、彼女と相対する堀からの返答は聞こえなかったが、これまで小平が説明してきたものをなぞって答えたようだった。

「どうだ御陵、何か解るか」

「堀は教誨師ゆうたか？　けんどキリスト教やないぜ。清水《せいすい》を曳月に振りかけてから、何かの香を口に含んだ」

　ボートの上で、堀は慣れた手つきで呪術の手順を踏んでいる。胸の前で手を組み、指を複雑に絡ませている。

「根本印、密教系の呪術じゃ」

　――おんまかやしゃ。ばざらさとば。

　奇妙な声が響いた。それまで堀の声は聞こえなかったというのに、その文言だけが脳の奥から湧き出るように聞こえてくる。

「あの呪術の文言じゃ。これまで聞こえんかったが、今ならよう解る。金剛夜叉明王《こんごうやしゃみょうおう》の真言。間違いない、こりゃあ――」

　日差しの向こうで、曳月が陶然とした表情を浮かべていた。

「阿尾捨法《あびしゃ》？」

　井の頭公園のトイレの裏手、呼び出しを受けて一時的に合流した曳月が、御陵の言葉を繰り返してきた。

「密教の呪法よ。それも正統なモンやない、外法《げほう》ゆう強力な呪術よ」

　曳月と音名井が、それぞれ御陵の言葉に耳を傾けている。

「阿尾捨法は金剛夜叉真言を唱えて、人間を神懸りにする呪法よ。ほいで神懸りになった相手に、物事の吉凶や禍福を問うがが目的よ。ありゃあ、その呪術を独自に変えちゅうようやけど」

御陵が探り出した答えを受け、曳月が顎に手を添えて何度も頷いた。

「今さっきも、呪術をかける前に小平監督が言ってたのよ。映画で使う呪術は、七日目に死ぬものじゃなくて、七日目に幽霊を見るようになるものだって。確かに、神懸りにさせる呪術だっていうなら、霊を降ろすこともできるはず」

「しかし、小平監督は呪術に危険性はないと言っていたが」

「いや、阿尾捨法は呪術の中でも外法、正規に使われることもないような代物じゃ。これを使うちゅうとしたら、どんな影響があるかも」

そこまで言ってから、曳月が不安げな表情を浮かべていたことに気づき、御陵は遠慮なくその頭を叩いた。

「あいたぁ！」

「気付けじゃ。気が塞《ふさ》ぐと呪術にかかりやすうなるぜ。まぁ、何かあれば、俺や音名井もおるきに、安心しとぉせ」

頭を押さえながら、曳月は御陵に向けて笑顔を作った。

「あはは、そうだよね。ちょっぴり不安になっちゃったけど、大丈夫だよね。清太郎ちゃんも高潔ちゃんもいるもんね。それにぃ」

にへら、と、曳月がこれまで以上に蕩《とろ》けた笑みを見せた。

「あの十聖きゅんが来てくれてるんだよぉ。んふふぅ、最高なんですけど～」

もう一発叩こうと振り上げた御陵の手を、音名井が何も言わずに押さえていた。

「あ、それじゃあ、私はそろそろ行くね。トイレに行くって言って、あんまり時間取ってると乙女の沽券《こけん》に関わるから～」

脳天気に手を振りつつ、いつもの調子に戻って曳月は去っていく。残された御陵と音名井の両者から、深い溜め息が漏れた。

「ああは言うたけど、曳月さんも、不安じゃのう」

「そうだな。曳月さんも、あれはあれで気を張ってるようだ」

御陵と音名井もまた歩きだす。先を行く曳月達は、目的を果たしたのか、井の頭公園を離れて三鷹台《みたかだい》の駅へと向かうようだった。

「しかし、阿尾捨法か」

「どうした、何か気になることでもあるのか？」

住宅街を歩きながら、御陵はふと映画で用いられた呪術のことを考えていた。

「阿尾捨法は使う人間より、術をかけられる人間の方に素質が必要ながよ。霊媒として相応《ふさわ》しい能力を持った人間を選ぶ。それが阿尾捨法ゆう神懸りの呪法を成功させる条件やき」

「なるほどな。今回の件でいえば、過去の事故や災害で親しい人を亡くしている人、というところか。死者の霊子を取り込んでいる人間、そういう人を選び、霊子を増幅させて霊の姿を見せる。そのために使っているんだろう」

「それだけならええが、どうにも気にかかる」

喋りながら二人で歩いていると、前方でカメラを向けられている曳月が何気なく振り返っていることに気づいた。

——大学時代、よくこの辺にある飲み屋に行ってたんですけど。

それとなく自身の思い出を語りつつ、ちらりと御陵達の方を見ていた。

——飲み屋に、よく行ってたんですけど！

あからさまな要望。御陵と音名井はジェスチャーで曳月の提案を却下した。遠くで曳月が不満げに頬を膨《ふく》らませる。その意味を解っていない小平が小さく笑っているのが見えた。

「何を考えとんじゃ、アイツぁ」

「昔から酒癖が悪かったというのは解ったな」

二人分の溜め息を引き連れて、曳月を先頭にした撮影隊は先を行く。

やがて住宅街を抜け、駅前の通りに出た。太陽も既に傾き、辺りは黄昏《たそがれ》に沈んでいる。

行き来する人達の歩みは、夕飯の準備のため、あるいは家へと帰るために。

――あの日、弟は私に会いに来てくれたんです。

やがて空には雲がかかり、薄闇《うすやみ》と深紅の間《あわい》に人々の姿が影となる。生者のための街は影絵となり、その裏に描かれた霊というものを強く意識させた。

――でも私は会えませんでした。会おうと思えば会えたのに、それもしなかった。

カメラを向けられた曳月が、夕闇《ゆうやみ》の中で過去を語っていく。

――忙しさにかまけて、家族のことなんて忘れてたのかも。それでも弟は、そんな私に会いに来てくれた。あの子は、最後に何を考えてたのかな。

やがて曳月達は、踏切の上にかかった歩道橋へと歩を進める。無機質な金属が、仄《ほの》かに黄色く染まっている。

「音名井、俺はよ、この夕方ゆうがが苦手じゃ」

「どうした、唐突に」

曳月の後を追って、御陵達も歩道橋の下まで進む。

「夕方はよ、逢魔《おうま》が時《とき》ゆう時間よ。魔に行き逢《あ》う時じゃ。魔が差す、魔に魅入られる。言い方は色々とあるが、ようは霊子が不安定になる時間やき」

「曳月さんのことを心配しているのか？」

「さっきはああ言うたけんど、あの呪術は外法よ。俺でも手こに合わん。もしも、あの堀ゆう男が俺より才のある霊能者やったら、俺でも祓えるか解らん」

「何を弱気な」

ふと生ぬるい風が吹き、空の雲はさらに厚くなる。太陽は隠れ、血のような赤と深い黒が街に満ちる。歩道橋に佇む曳月の顔も解らない。いつもは気丈に見えた彼女でさえ、この夕刻の中では、悪風に晒された岸壁の花のように映る。

——弟は、この歩道橋から身を投げて死んだんです。電車が来てて、誰も助けられなくて、たった一人で死んだんです。

人に向けて過去を語る。心の奥に刺さったままの針を抜いていく。それは生まれ変わるためには必要なことなのかもしれない。しかし、痛みを伴わないはずはない。古傷から溢れ出る血のように、夕陽《ゆうひ》がより深く濃いものに移ろっていく。

——本当は私も、弟のために何かしてあげたかった。するべきだった。でも気づいた時には弟はいなくて、残された私は、弟のために、って言い訳して大学に残ったんです。

イヤホンの向こうで喋る曳月。その声のトーンが僅かに下がった。

——弟の感情を科学的に解明しよう、って。弟の霊子を調べれば、彼の気持ちが解ると思ったから。でも考えれば考えるほど、何も解らなくなって。

深く息を吐く音が入った。曳月は何者かに向けて語るように、ただ一人で言葉を紡いでいく。

——本当は、弟に会いたい。会って話がしたい。霊子技術の限界だって、心霊科学の辿り着けない場所だって、それは解ってる。でも、私はそれでも弟の気持ちを知りたい。

曳月の感情の吐露。その直後、誰かが何かを言ったのを、御陵の耳が捉えていた。しかしそれは、響き渡る踏切の警報機の音に掻き消された。

そして一瞬の閃光《せんこう》。遠くから電車が駅に向かって走ってきていた。

おんまかやしゃ。ばざらさとば。

突如として、イヤホンの向こうから不吉な声が響いた。

御陵は顔をしかめ、それでも次の瞬間には大きく足を踏み出した。下駄が歩道橋の一段目を強く踏んだ。

──じゃくうん。ばんこく。

警報機の音に紛れて、呪詛の言葉が続く。歩道橋の下で、踏切が緩やかに閉じられていく。

曳月の隣にいる堀は何もしていない。小平もカメラを構えたまま。しかし、呪術の声は聞こえてくる。これは誰かの声ではない。曳月にこびりついた呪詛の音が、自然と文言を繰り返している。

──はらべいしゃやうん。

嫌な予感。背筋を貫《つらぬ》いた文言の冷たさに総毛立つ。御陵が歩道橋を上り終えた時、ふと曳月がこちらを向いた。

「ごめんね、セイちゃん」

悲しむような、安堵するような表情で、ほんの少しだけ曳月が笑った。

風が吹き、岸壁の花は揺れる。

そして、御陵が手を伸ばすより早く、曳月の体は防護柵を乗り越え、下へと落下していく。

警笛が響く。閃光は強くなり、線路を軋ませて電車が迫る。誰もが呆然と立ち尽くし、下に落ちた曳月の姿を確かめようともしない。

「冗談《てんご》言うなや！」

下駄が防護柵を蹴る甲高い音が響く。虚空を踏み抜いて跳躍する。茜色《あかねいろ》の空にコートが翻《ひるがえ》り、残照が影を描いた。

御陵は着地の痛みも忘れ、線路上に横たわる曳月に手を伸ばす。

「御陵！」

彼方よりの声。それも耳をつんざく警笛に消え、視界を白い光が覆う。銀色の質量が空気を裂いた。

電車のブレーキ音。耳障りな音を残し、電車は駅を前にして停《と》まっていた。

「御陵、おい、御陵！」

「そう叫《いが》ぶなや」

歩道橋から下を覗く音名井に向けて、曳月の体を抱き寄せた御陵が困ったような笑顔を送った。そのまま腰を引きずって、踏切の外へと這い出る。

「今回はさすがに疲《こと》れた」

騒ぎは大きくなり、踏切の外で御陵達を心配する人々が取り囲んでくる。少し離れた駅から、あるいは電車の窓から、こちらの様子を窺う人々の顔が見える。音名井も、そして小平も歩道橋の上で安堵の表情を浮かべていた。

影だけが切り取られていた人々も、今や人間の顔を取り戻していた。逢魔が時は去る。辺りを覆っていた不吉な風も既に払われた。

——キュウちゃん。

その時、ふと声が聞こえた。人々のどよめきの中で、ノイズのようにその声だけが御陵に届く。御陵が踏切の方を向くと、電車の車輪の向こう側に人間の足が見えた。それは血に染まり、一部が折れ曲がっている。目を凝らして見れば、それは次第に姿を薄れさせる。

それが掻き消える最後の一瞬、電車の隙間から顔が覗いた。その表情は——

「アイツは」

御陵の呟きに、腕の中で曳月が身をよじった。

「気づいたか、曳月」

「セイちゃん……」

「ああ？」

曳月は御陵の腕に縋りついて、小さく肩を震わせた。

「ごめんね、ごめんね」

その涙を隠すように、曳月が御陵のコートに顔を埋《うず》める。

3.

翌日、御陵は曳月の病室の前で足踏みをしていた。

何度めかのノックに「まだダーメ」と、曳月の気の抜けた声が返ってくる。その度に、下駄が床を打つ。

さらに数分経《た》ってから、ようやく病室の扉が開く。外の陽光が入り込んだ、明るい雰囲気の部屋。そこで最初に御陵を出迎えたのは、栗色の髪をなびかせる少女、メイド喫茶での曳月の後輩たるククリだった。

「はいはい、先輩のお着替え終了ですよぅ。良かったですね、覗きにならなくてぇ。危うく警察沙汰です」

「警察沙汰やき来たがやろう」

御陵の言葉に曖昧《あいまい》な笑みを返し、ククリは部屋から立ち去っていく。一応は気を利かせて、しばらく外で時間潰しをしてくるつもりらしい。とはいえ、左腕骨折、全身の打ち身、加えてぎっくり腰の併発という難儀な状態となった曳月だ。まだまだ介助は必要となるだろう。

「はぁ、ククリちゃん本当に好きぃ。結婚して～」

御陵は病室へと入り、手近な椅子に腰を下ろした。

「後輩をこき使うて」

「いいんだもん。ククリちゃんは私を養ってくれるはずだもん」

気丈に振る舞う曳月だが、ベッドの上で半身を起こすのがやっとらしく、首元に貼られた湿布と左腕を吊《つ》る三角巾《さんかくきん》が痛々しく映る。

「何にせよ、無事で良かった。これだけは本心じゃ」

腕を組んで目を瞑った御陵に対し、曳月はここぞとばかりに身を乗り出し、無事な方の腕で何度も頰を突《つつ》いてくる。

「あらぁ？　あららぁ？　清太郎ちゃんがぁ、素直に優しいでやんの？　ひゃー、珍しい。お姉さん大感激ぃ」

底意地の悪そうな顔で、曳月は何度も御陵の頰を突く。しかし、最後には「ぎゃあ、腰が！」と情けない声で悶絶《もんぜつ》し、再びベッドへと収まった。

「優しいついでの見舞いの品や、受け取っとぉせ」

そう言って御陵は、持ち込んだズダ袋から金属製のスープジャーを取り出す。慣れた手つきで蓋《ふた》を開ければ、煮込んだ野菜の甘い香りが広がる。

「インゲン豆のフーゼレークよ」

「フーゼ……。え、なに？」

「ハンガリーのスープ料理じゃ。主に一種類の野菜を選んで使うが、この時期はインゲンが旬《しゅん》じゃきに。で、これにサワークリームを混ぜくってから、ぎっちりと煮込んで小麦粉でとろみをつける。腹持ちもするき、栄養を取るにはうってつけよ」

僅かばかり得意げな笑みを漏らし、御陵がスープの入った容器を曳月の前へと差し出した。

「え、ちょっと待って、情報が追いつかないんだけど、もしかしてこれって清太郎ちゃんが作ったの？」

「黙って食えや。まぁ、恥ずかしいき、よう言わんかったけど、料理は俺の趣味よ。世界を飛び回りゆう覚然坊《かくねんぼう》の直伝じゃ。何より、霊に障《さわ》られたら何かを食うがええ」

「なんだろう、すっごい意外だけど。ふふ、んふふ。でも、私のために作ってくれたの、嬉しいかもかも～」

いざ面と向かって言われると、こそばゆい感情がこみ上げてくる。御陵は頭を掻いて、嬉しそうにスープに口をつける曳月から顔を逸らした。

「で、飲みながらでええき、昨日のことを聞かせとぉせ」

一息ついた曳月が「ああ」と、力なく顔を伏せた。

「改めて言うけど、本当にありがとうね。私のこと、助けてくれて」

「それはええ。当然のことをしたまでじゃ。今、俺らがせんならんモンは、事件解決の糸口を見つけることちや」

「それなら、うん、あれを経験して解ったものもあるよ」

曳月が片手でスープジャーを握りしめながら、御陵に向かって力強く頷いた。

「あの時、歩道橋から飛び降りた時、私は弟の姿を見てた」

曳月の言葉に御陵も頷き、その可能性を反芻していた。

「それだけじゃなくて、飛び降りる瞬間、どうしてもそうしなくちゃ、って気分になってた。私の感情とは無関係に、飛び降りることを決意してる自分がいた」

「そりゃ、呪術の影響か？」

「多分ね。でも、そう、あれってきっと弟が死ぬ直前の感情だったんだと思う。色んなものに絶望して、生きてても仕方ない、って思っちゃった」

「ほいたら何か、曳月は弟の感情をなぞって飛び降りたゆうがか」

「うん、これははっきりと言える。前に言ったと思うけど、あの呪術は降霊術で、対象者に残っている他人の霊子を増幅させる効果がある。それなら、私の中に残ってる弟の霊子と自殺した場所に残っていた霊子が混じり合って、私自身もあの瞬間だけ弟と同じ感情を持ったんだと思う」

それを聞いて御陵は、あの現場で見た足だけの幽霊の姿を思い描いた。あれこそ、踏切に身を投げて自殺した曳月の弟の霊の姿だったのだろう。

「それでね、ここからが本題」

「本題？」

「そう。私も経験して解った。他人の霊子が自分の中で増幅された時、自分とは別の誰かの感情が流れ込む。多分、その瞬間、霊子の型が変化していたんだと思う」

御陵は思わず唸っていた。

これまでの事件で、被害者は事件の前後で霊子が変化し、全てが同じ型となっていた。その引き金は、間違いなくあの呪術だ。そして、曳月の例から言えることは、被害者達もまた、死の直前に他人の霊子に意識を乗っ取られていたことになる。

「私は、この現象を知ってる。そして、清太郎ちゃんも知ってるはず」

「なんじゃ、その現象ちゅうがは」

「つまり、憑依現象よ」

平然と言ってのけた曳月に対し、その言葉が意味するものを知る御陵は眉間《みけん》に深くしわを寄せた。

「憑依《ひょうい》は、いわば霊子が一時的に上書きされる現象」

「霊子の上書き、か」

「前の事件だと、アイドルが一種の霊能者みたいになるっていう状況があったよね。あれは人間の脳で作られるエクスターゼっていう霊子物質が原因で、特に脱魂型って言って、いわば霊子が外に放出されて他人に影響を及ぼす例」

曳月が頭の上で右手を広げ、霊子が外に出るイメージを作った。その後、今度は逆に広げた手を頭にぴったりとくっつける。

「憑依はその逆で、外にある霊子が人間の脳に入り込んでくること。外から来た霊子は人間の脳でダイモニエンっていう霊子物質に変化して、一時的に嗜好や性格を変化させる。それだけじゃなくて、いわゆる神の声が聞こえるみたいに、自分ではない誰かの思考や感情が勝手に再生される。古い時代だと、この現象を憑き物や悪魔憑き、神懸りっていう風に呼んでた」

「神懸り、そりゃまさしく阿尾捨法やか」

得心した御陵が、自分の膝を一度だけ打った。

「で、ここからは推測なんだけど。まずこれまでの被害者は全員、霊子が上書きされていた。それは死者の霊。映画のラストシーンで出演者が出会った、自分が罪悪感を覚える相手の霊だと考えてみて」

御陵は、これまで小平の映画で描かれてきた死の場面を思い起こしていた。事故で死んだ同級生達。災害で死んだ家族。交通事故で死んだ友人。彼らの姿を見た後、出演者も擬似的な死を迎えた。そのことで出演者の心に巣食っていた罪悪感は消え去ったはずだ。

しかし、そこに何か瑕疵《かし》があるのなら。

「出演者は全員、撮影の中で死を経験した。これまでの生への罪悪感が強かった分、そこで死ぬことが正しいことだと、まず脳が錯覚する。そこに死者の霊子が憑依して、その死に向かう時の感情が上書きされる。すると霊子もまた、死ぬことが正常な状態だと錯覚する」

曳月の説明に、御陵が顔をしかめた。

「ほいたらどうなる」

「死を受け入れた脳と霊子にとって、生きていること自体がイレギュラーになる」

病室に僅かな陰り。外の太陽が雲に隠れたようだった。

「少し、嫌な話をするね」

そう言って、曳月は意味ありげに指を小さく動かした。

「ハリガネムシっていう寄生虫がいるの。これはカマキリやカマドウマに寄生すると、その脳を支配して水辺に近づけさせる。そして腹を破って外に出ると、本来の棲息地《せいそく》である水中に帰っていく」

「なんじゃ、気色悪《えず》い話やにゃあ」

「ごめんね。喩えだから。で、話を元に戻すと、人間の脳に入り込んだ死者の霊子は、生の状態を受け入れない。だから自分が本来あるべき状態、つまり死を選ぶ」

「じゃあ何か、これまでの被害者は全て、幽霊に意識を乗っ取られて、死んだ状態に戻るために自殺したゆうがか？　その寄生虫みたいに、水辺で体をバラバラにさせたがかよ」

「うーん、そこまでは考えてないよ。遺体をバラバラにしたのは、何か別の理由があると思う。でも、被害者の死そのものは、霊子の憑依による自殺事件。幽霊が生きている人間を冥界《めいかい》に連れ去る、これはそういった祟り――」

「違う」

ぴしゃりと言いのけた御陵に、曳月は弱ったような顔を浮かべた。

「道理は解る。けんど、今まで出よった霊子は同じ形をしゆうがやき、罪悪感を覚えた相手が別々なら、同じにはならんはず」

それに、と御陵が続ける。

「死者が生者をあの世に引き込む、そういうこともあるろう。けんど、大切な相手をどういて殺す。怨みもなく、寂《さび》しいからゆうて死者が生者を連れ去る類いの話なんぞ、俺はよう許さん」

「ゆ、許せる許せないじゃなくてぇ、これは脳と感情の問題でね？」

「なら、曳月の弟がアンタを殺そうとした、これも許せるがかよ」

御陵の言葉に、曳月は眉を上げた。

「俺は霊に肩入れしすぎるち、音名井に前に言われたことじゃ。けんども、それでええと思うとる」

「清太郎ちゃん……」

「俺はアンタの弟のことを知らんけど、気の優しい子じゃ。そんな人間の霊子が、前を向いて生きとる曳月を祟り殺すなぞ、あってええはずがないぜ」

一気に言うと、御陵は腕を組んで大きく鼻から息を吐いた。

「んもう、頑固者なんだから。そういう性格、土佐のいごっそう、って言うんでしょ？」

「ほう、人から言われたがは初めてじゃ。そうか、俺もいごっそうか。はは、こりゃええ」

呵々大笑《かかたいしょう》する御陵に対し、曳月は「褒めてないから！」と抗議の声を漏らす。やがて御陵は、ひとしきり笑った後に真剣な眼差《まなざ》しで曳月を見つめた。

「俺は、幽霊がむやみに人間をあの世に引きずり込むゆう話は信じやせん。そこには何か道理がある。そやき、この事件は単なる憑依による事故やない。誰かが、生きた誰かが、この画《え》の中におる」

そう言うと、御陵は椅子から立ち上がり、傍《かたわ》らに置いたズダ袋を持ち上げた。

「仕事に戻るぜ。心霊科学捜査官としての仕事じゃ」

「そうだね。私も、こっちでできることはするよ。スープ、ありがとね。美味しかったよ」

曳月から容器を受け取ると、御陵は病室を退去しようとする。するとコートの端を引かれた。

「ちょっと待って、清太郎ちゃん」

「おう、どういたがよ」

御陵が振り返ると、曳月は先程よりも深刻な表情で見つめてくる。摑んでいた手を離し、言いにくそうに顔を背ける。

「最後に、伝えておきたいことがあるの」

「なんじゃ、歯切れが悪い」

「まぁね、可能性の話だから。ほら、前にイルパラで高潔ちゃんが言ってたでしょ。小平監督は等々力作美《さくみ》なのかもしれない、って」

「聞いちょったか。というか、あのメイド喫茶、そんな風に略すがか」

「そこはおいといて。で、あの時は信じられないって話だったけど、私はあり得る話だと思ってるの」

御陵が顔をしかめ、疑問の声をあげた。

「ああ？　小平が等々力と入れ替わったゆう話か。俺はよう信じん」

「ううん、私が考えてるのは別の可能性だよ」

「別の可能性？」

「そう、私は小平監督が〝キメラ〟になったんだと思ってる――」

キメラ。

曳月は確かにそう言った。

聞き慣れない言葉に、御陵が詳しく話を聞こうと、再び椅子に手を伸ばしかけた。

その時、病室の扉が開く音が聞こえた。部屋に満ちていた空気が抜けていく感覚。背後に異様な気配を感じた。

「不肖の弟子が入院したと聞いて、来てみたが」

夜に鳴く鳥の如く、不吉な音律を伴う声。

思わず御陵が振り返ると、扉の前に長身の老人が立っていた。

「今も変わらず、胡乱《うろん》な話をしているようだね」

老人は、のそりと病室に踏み込む。千鳥格子のネクタイと白衣をなびかせて歩いてくる。空調に白髪が揺れる。目元に刻まれた深いしわ、丸眼鏡の奥で眠たげな目が移ろう。

老人が御陵を避け、ベッドの上の曳月に近づく。御陵が顔を向ければ、そこで何かに怯えるように顔を伏せる曳月の姿が目に入った。

「宇都宮《うつのみや》、先生」

その名を聞いて、御陵は「ああ」と一声あげた。それを気にも留めず、老人――宇都宮法水《ほうすい》は、我が子に接するように、優しく曳月の頭に手を置く。

「先生、なんで――。ううん、付属の大学病院ですものね。貴方《あなた》がいるのは当然、か」

曳月は屈辱に耐えている。彼女にとって、宇都宮という男との確執がどれほどのものか、御陵はそれを知らないが、今の弱った姿は見せたくないはずだ。それは御陵にも理解できた。

「まさか〝キメラ〟などと、与太話もいいところだ。講義で教えただろう。そんなことはあり得ない。いいね？」

「そう、ですね」

曳月が己の唇を強く噛んでいた。それを見た時、御陵は思わず一歩を踏み出し、宇都宮の肩を後ろから摑んでいた。

「おい、先生さんよ。その言い方は気に食わんな」

そこでようやく宇都宮は振り返り、空虚な視線を御陵に向けた。

「君は、ああ、知っている。霊捜研の陰陽師か」

「知ってくれちゅうがは光栄じゃ。で、俺はアンタにとっちゃ部外者やけんど、そこの曳月にとっちゃ同僚よ」

「それで、何か？」

「アンタがどればぁ偉いか知らんけど、弟子の考えを頭ごなしに否定するがは間違うちゅう」

御陵の言葉を受け、宇都宮はようやく曳月から手を離した。睨みつける御陵に対して、老人はつまらなそうに首を振った。

「なるほど、君は霊能者だろう。霊能者の考えは認めるが、彼女は私の教え子で、心霊医学の学徒だ。いくら君が彼女に賛同しようが、学問の世界に口出しするものじゃない」

「おんしゃあ――」

御陵が手に力を込める。老人の肩は藁《わら》くずの詰まったように、不気味に押し潰される。

「清太郎ちゃん！」

曳月がいつもより強い声を出していた。それに気づき、御陵は宇都宮から手を離した。

「いいよ、清太郎ちゃん。先生の言う通りだから」

「けんどよ、曳月」

「大丈夫、いいから。私、これから先生と話すことがあるから。清太郎ちゃんは霊捜研の方に戻ってて」

宇都宮から見えない角度で、曳月が小さく親指を立てていた。瞳には活気が戻っている。何かを決意した顔だった。その真意を見抜き、御陵は宇都宮に向けて大人しく頭を下げた。

「すまん、声を荒らげた。謝る」

「いいや、構わないよ」

宇都宮は興味なさげに、御陵から視線を逸らし、白衣に残ったしわを直していた。

「権力におもねらない君の立場、霊捜研にとっては大事なんだろう」

それを最後に、宇都宮が御陵の方を向くことはなかった。残された曳月を見れば、一瞬だけ寂しそうな表情を浮かべたが、すぐに力強く笑ってみせた。

そうして話し始めた二人を残し、御陵は病室を後にする。

4.

キメラ。

獅子《しし》の頭に山羊《やぎ》の胴、蛇の尾を持つ、ギリシャ神話の怪物。火を吐き、人々を恐れさせたが、やがて英雄ベレロフォンによって退治される。

病院の中庭で、スマートフォンを見ていた御陵が顔を上げる。

いつの間にか太陽は雲間に隠れた。病棟には灯りもなく、灰色の風景に紫陽花《あじさい》の色だけが映えていた。いずれ降り出す雨の気配が、そこかしこで漂っている。

御陵は再び、自身のスマートフォン上に表示された怪物の姿を見た。様々な生物が継《つ》ぎ接《は》ぎになった化け物だった。

鵺《ぬえ》のようなものか、と、御陵は持ちうる限りの知識で解釈する。鵺ならば猿の頭に虎《とら》の手足、蛇の尾だ。退治したる英雄は源　頼政《みなもとのよりまさ》。矢を放って、清涼殿《せいりょうでん》に巣食った怪物を打ち倒す。

御陵の思考が空転する。ギリシャ神話の英雄が、浮世絵の中で戦っていた。

「小平がキメラになった、か」

答えの出ない問いを口走る。霊捜研に戻るとは言ったが、どうにも気が晴れず、いくらか自分で調べ物をしてから帰ろうと思った。

そこでふと、自分に近づく車椅子の音が聞こえた。

入院患者の誰かだろうと気に留めなかったが、自身の目の前で車椅子の車輪が止まったのを見て、ようやく御陵は顔を上げた。

「飯山、か」

車椅子に座ったまま、飯山が柔和な笑みを浮かべた。

「こんにちは、御陵さん」

御陵はスマートフォンをしまい、少年の顔色を窺う。葛城が事件に巻き込まれて以来、こうして面と向かって話すのは初めてだった。

「アンタ、どういてここに」

「曳月さんのお見舞いです。小平監督と一緒に来たんです。今は監督いませんけど」

「そうか」

御陵は麦わら帽子のつばを下げた。

飯山に合わせる顔がなかった。この少年は、恋人を目の前で亡くした。頼られたはずの自分は、現場に居合わせながら、命を救うことができなかった。

「これまでずっと、警察で話をさせて貰ってて、なかなか御陵さんにも会えませんでした」

「いや、俺の方こそ——力になれんで、すまん」

麦わら帽子の端から、少年の顔を覗き見た。あの時、葛城が死んだ時の悲痛な表情は消えている。とはいえ、考えなしに話すのは憚《はばか》られた。

「俺は、あの子をよう守らんかった」

飯山はゆっくりと首を振る。それが当然であるかのように、御陵の手を取った。

「とても悲しいです。秋子さんは、僕にとって大切な人でした」

少年の白い指が、御陵の武骨な手をなぞっていく。

「家族を失った僕の支えだった。恋人で、友達で、お姉さんでもありました。それは彼女がそうありたいと願ったから。彼女も、亡くなった弟さんと僕を重ね合わせて見ていたんです」

「ああ、そうじゃろう」

「秋子さんはいつも言ってました。僕が怨霊に怯えるなら、私が助けてあげる、って。僕が等々力の怨霊を見る度に、あの人はいつも救ってくれていたんです。優しく撫でてくれて、僕を慰めてくれた」

少年は泣き叫ぶでもなく、ただ淡々と愛すべき者の不在を語る。

「あの日、等々力に秋子さんが殺された日も、僕に優しく声をかけてくれました。本当なら、僕が彼女を支えてあげなきゃいけないのに、あの人は優しく僕を勇気づけてくれました。何があっても、必ず僕を守るから、って。等々力の怨霊が現れても大丈夫、って」

そこで飯山は言葉を詰まらせる。堪えているものが、震えとなって御陵に伝わってきた。

「僕は、秋子さんを守れなかった。でも、御陵さんは違う。貴方は彼女を救ってくれた」

「何を言いゆう。俺もあの子は——」

「いいえ、貴方は守ってくれた。曳月さんを救うことができたんです」

飯山が顔を上げる。何かに縋《すが》ろうと、弱々しい視線を御陵に向けている。

「僕は監督から、今回の曳月さんの撮影の時のことを聞いたんです。あの人も弟を亡くしていた。秋子さんと同じように」

それは曳月自身が映画で語っていたこと。それゆえに曳月は、葛城という少女と自分を重ねて、その死を何よりも悲しんでいたはずだ。

「僕は曳月さんのことをよく知りません。でも、どこか秋子さんに似てると思います。だから僕は、今回の撮影で曳月さんが事故に遭ったって聞いて、本当に驚いたんです。あの人も、秋子さんと同じように死んでしまったのかと思った」

そこまで言うと、飯山が指に力を込めた。御陵の手がしっかりと握られた。

「でも、御陵さんが、あの人を助けたって聞きました。僕は本当に嬉しかった。だって、今度は守ってくれたんですから」

「俺は、褒められるようなことは何もしちゃあせん」

複雑な表情を浮かべる御陵に対し、飯山は不自然なほどに晴れやかな笑顔を浮かべていた。

「いいえ。御陵さんは秋子さんの代わりに、曳月さんを救ってくれたんです。だから、秋子さんのことは——」

それを聞いて、思わず御陵は手を引いた。少年の手が、寂しげに虚空を掻いた。

「馬鹿にすな。誰かが死ぬることに代わりらあるかよ。葛城の死は俺の責任、心霊科学捜査官としての責任じゃ」

「もしかして御陵さん、秋子さんのことで気に病んでます？」

思いがけない飯山からの言葉に、御陵は目を見開いた。

「だったら、僕が言うことじゃないと思うんですけど、その、気にしないでください。僕が無理なお願いをしてしまったんです。秋子さんを守って欲しい、なんて」

「そりゃ、どういう」

「解ってたんです。等々力の霊が現れた時点で、仕方のないことだって解ってました。あの男は決して僕を許さない。秋子さんが死んだのも、僕のせいなんです」

紫陽花が揺れた。どこかでトカゲが草の陰を這っていた。

「僕は御陵さんに嫌なことを言ってしまったんだ、って反省しています。あれは僕が受け入れるべき罪だった。秋子さんにも酷いことをしてしまった。僕なんかと仲良くならなければ良かったのに」

「おい、待ちや。そんな言い草は――」

「いいんです。全部、僕の因縁《いんねん》なんです。僕がその因縁を清算しない限り、あの男の霊は何度でも生き返るんだ」

御陵が眉根を寄せる。

奇妙な違和感があった。少年の口から出るには、その言葉はどうにも不釣り合いな気がした。御陵が飯山の顔を確かめれば、そこには不自然なほどに晴れやかな笑みを浮かべる少年の姿があった。

「飯山、何度も生き返るち、そりゃなんじゃ」

「え、なにって」

「生き返ったがは、一回だけじゃろう」

御陵から見据えられ、飯山の表情に明らかに狼狽の色が混じる。

「それは――」

飯山はそこで口籠《くちご》もり、御陵から顔を逸らした。

ふと、飯山の着ていた白いシャツに一滴のしみが浮かんだ。ぽつり、と空から雨が降り始めていた。

「雨が降りゆう。中に入れ」

飯山に道を譲り、御陵はそれとすれ違いに中庭を歩き始めた。

「あの、御陵さんは?」

コートの肩に水滴の跡がついていく。それを手で拭いながら、御陵は振り返ることもなく歩みを早めた。

「戻る。霊捜研で仕事じゃ」

水分を含んだ風が頬を撫でる。花壇は雨を受け入れ、沸き立つような土の臭いを漂わせる。

ふと御陵が足を止めた。麦わら帽子のつばから雨滴が滴る。

「アンタ、何かに憑かれちゅう」

遠くから飯山が心配そうに見つめ返す。紫陽花の葉についた水滴が、僅かに見えた陽光を反射した。


奇妙な絵だった。

若い男の上半身に馬の下半身、鳥の翼を持った怪物に、裸の女性が抱きつき、その頬に唇を寄せている。女性を抱えた怪物は、今まさに飛び立とうと、切り立った崖《がけ》に蹄《ひづめ》をついている。

フランスの画家モローによるキメラの絵だという。御陵がスマートフォンを開いた時に現れたものだった。先にキメラについて調べた時に、これを表示させたままにしていたらしかった。

病院の玄関で御陵が何気なくスマートフォンを操作していると、小さくクラクションの音が聞こえた。

御陵が前方を向くと、銀色のセダンが車寄せに入ってくるところだった。軒先で雨をしのいでいた御陵の前に停まると、搭乗者が乗るように促してきた。他でもない、音名井の捜査車両だった。

「なんじゃ、音名井。親切に迎えに来てくれたがか」

「馬鹿を言うな。お前は雨に濡れても問題ないだろう」

御陵が助手席に座ると同時に、音名井の方から罵倒が入る。このやり取りにも慣れた。軽く受け流して、麦わら帽子を後部座席に放り投げる。

「元々、僕は近くの病院に聞き込みに行っていたんだよ」

「ああ、あれか」

御陵が呪術や怨霊という側面から事件を追うのならば、あくまで音名井は刑事として事件を追う。以前に蝶野《ちょうの》から渡された死体検案書。それらを元に、宇都宮と関係のある病院を聞き込みに回っているのだという。

「それで、宇都宮氏本人にも聞き込みを行おうと来たんだが」

「断られたか」

「忙しいと、にべもなくな」

「まぁ、曳月が宇都宮に話を聞いちゅうき、情報は後で共有すればええ」

「曳月さんの様子も見てきたが、あれなら大丈夫そうだな」

二人を乗せた車は、ゆっくりと病院の敷地《しきち》を抜けていく。ふと車道に出る辺りで一度停まった時、御陵は窓の外に見覚えのある人影を見つけた。

「音名井、少し待て」

「おい、何だ急に」

「彼処《あこ》じゃ、病院の方を見てみ」

音名井と共に窓から外を窺う。

植え込みの向こうに、ガラス張りの病院の待合スペースが見えた。そこに立つ二人の人物。一人は白衣をまとった長身の老人、それに相対するのは、気弱な笑みを浮かべた中年の男性。

「あれは、宇都宮氏と小平監督、か」

「あの様子、初対面じゃなさそうじゃ」

小平は宇都宮に向かい、何度も深く頭を下げているが、そこに険悪な雰囲気はない。声が聞こえるようなことはないが、何かしらの謝辞を伝えているように映った。

「どうする、音名井。二人を追うか?」

「いや、大丈夫だ。二人の関係なら、既に調べがついている」

そう言って、音名井はアクセルを踏み込む。車が緩やかに車道へと入っていった。

「病院関係を当たっていて、ようやく事実関係が判明した」

「なんじゃ、事実関係ゆうんは」

「八年前、事故に遭った小平監督の手術を担当したのが、あそこにいる宇都宮氏だ」

その言葉を聞いて、御陵は目を見張った。

「これまで、あの宇都宮氏は事件に無関係だと思われていたから、この情報は見過ごされてきた。だが、間違いなく、あの人物はこの事件に絡んでいるはずだ」

「等々力作美、か」

「小平監督と等々力作美。漠然とした繋がりだったものが、これではっきりと線を結んだ」

フロントウィンドウに雨が滴る。下まで辿り着こうという一線で、それはワイパーに拭き消された。何かが近づいている。奇妙な絵の全体が見える位置まで来ていて、その最後の一線はいつも無情に掻き消える。

「それについちゃあ、曳月が憑依か知らんち言いよったぜ」

「憑依、憑依か……」

等々力の死刑執行が八年前。その直後、小平は交通事故に遭い、あの宇都宮によって命を救われた。そこにどのような因果が働くというのか。

「なぁ、御陵。もし憑依された人間が殺人を犯したとしたら、その罪はどこに行く」

「なんじゃ、突然に」

御陵と視線を交わすこともなく、音名井は前だけを向いて口を開く。

「殺人鬼の霊が、誰か無関係な人に憑依する。その人物が誰かを殺す。この時、刑事責任を負うべきなのは、その霊だろうか、それとも肉体の持ち主だろうか」

「小難しいことを考えるにゃあ。まぁ、俺にとっちゃあ祓うべき相手は霊じゃ。憑かれた人間に罪はないと思うぜ」

「お前は単純でいいな。だが、恐らく僕は、お前の意見には賛同できない」

赤信号。音名井は指先でハンドルを叩きつつ、次の言葉を切り出すタイミングを見計っているようだった。

「僕は刑事だ。お前ほど器用に霊と付き合えない。僕にとって裁くべき対象は、肉体の持ち主も含む。だって、そうだろう。殺人鬼の霊に憑かれたからといって、衝動のままに殺人を犯したのなら、それはその人間の罪だ」

「おんしはそう言うじゃろうよ。けんど、おんしほどに強うない人間も多い。人は自分の本当の意思とは別のところで、誰かを害す時もあるろう」

「それを、認めてしまったら！」

音名井が声を荒らげた。しかしすぐに、自身の失態を隠すように首を振り、アクセルを強く踏み込んだ。

「お前はこっちに来て日が浅い。東京で起こる事件は、お前の思うよりも複雑だ。いつか、どうしようもない選択を強《し》いられる場面が来る。悪霊に触れてしまった人間は、それだけで僕らの社会に仇《あだ》なす相手になる」

「けったいなこと考えよって」

そこで会話は途絶えた。御陵は何気なく窓越しに灰色の風景を眺めた。通り過ぎていく街、傘を差した人々の不気味な影。

——あの男の霊は何度でも生き返るんだ。

ふと飯山の言葉が脳裏をよぎる。不自然な物言いだった。

「なぁ、音名井。幽霊が何度も生き返るゆうのは、どういう了見じゃ」

「どうした、何の話だ？」

「飯山が言うとった。等々力の霊が何度も生き返る、と」

「ふむ、まるで小幡小平次《こはだこへいじ》の話だな」

小平次、と御陵が聞き返した。

「江戸時代の怪談だ。山東京伝《さんとうきょうでん》の『復讐奇談安積沼《ふくしゅうきだんあさかのぬま》』で語られるものが有名だ」

「ほう、俺も知らんな。さすが東大文学部卒の警部補よ」

「茶化すな。それで怪談の内容だが、小幡小平次という男は役者で、幽霊役だけが得意なために幽霊小平次と呼ばれていた。しかし彼は、彼の妻に横恋慕《よこれんぼ》した友人に殺されたんだ」

「ようある怪談じゃな」

「ここまではな。だが小幡小平次の話の肝はこの後だ。小平次は旅先で殺されたが、犯人である友人は、その死を小平次の妻に伝えに行く。しかし妻は、小平次なら昨日の内に家に帰ってきたという。驚いた友人が確かめると、青白い顔をした小平次が床に臥《ふ》せっていたという」

「ははぁ、そりゃあ怖い」

「別の話だと、その友人が何度殺しても、小平次は必ず生き返ってきたという。小平次は幽霊役に入れ込みすぎたせいで、自分が幽霊になったことにも気づいていない、というのが話の筋だ」

「幽霊になったことに気づいちゃあせん、か」

その言葉を最後に、車内に沈黙が漂った。信号に停まれば、ワイパーの規則的な音だけが耳に残る。

幽霊になったこと、自分が死んだことに気づかない怨霊。本来ならば薄れて消えるはずの霊子が、人間の肉体に依り憑くことで新たな意識を生むのだとしたら。それは何度も蘇り、死ぬ前の感情をなぞり続ける。かくして等々力という殺人鬼の霊子は、この世のどこかをさまよい続けているのか。

何かが繋がろうとしていた。しかし、その結節点はあまりに不格好で、あり得ない形に接続されている。

キメラ。

――あの怪物の姿は、この事件とよく似ている。

同じ霊子を持つバラバラ死体。死刑囚の怨霊。被害者だけの足跡。外法と憑依。入れ替わった男。死んだことに気づかない幽霊。決して混じることのない、獣じみた不吉な影が継ぎ接ぎにされている。

だとすれば、この怪物を生み出したものはなんだ。

「音名井、何か絵のようなモンが見えてきたぜ」

「絵？」

音名井がアクセルを踏み込む。前の車のテールライトが水滴の中でぼやける。

「ああ、絵よ。得体の知れんモンを繋げて作られた怪物、そんなモンを描いた絵じゃ」

雨の中、二人を乗せた車は霊捜研に向かう。

5.

御陵が自身の席についたのと同時に、萩原が手を上げた。

「それじゃあ、清太郎君も戻ってきたことだし、各自今回の事件に関する情報を共有するとしようか」

いつもならば曳月が担う役目を、ここでは萩原が代行している。なんとはなしに、御陵は曳月の席を見る。相変わらず書籍や開運グッズは積まれたままだが、それが余計に彼女の不在を意識させる。

「まず清太郎君と柩《ひつぎ》ちゃんが、例の呪術の正体を摑んでくれた。そうだね？」

「ああ、ありゃ阿尾捨法ゆう外法じゃ」

霊捜研のオフィスに集まった所員が、それぞれ深く頷いていた。

「阿尾捨法は人間を神懸りにする呪法よ。つまり、あの映画の撮影で呪術をかけられた人間は、別の人間の霊子を上書きされるがよ」

「そう、一連の事件の被害者は、いずれも撮影の中で呪術にかかり、他人の霊子を上書きされていた。それこそが、全ての被害者で同じ霊子型が検出されたことの答えだ」

ここで萩原が席を立ち、手にしていた紙資料を一同に配って回った。

「その霊子型について、新しい事実が解ったんだ」

資料には見慣れた霊子型の写真が添付されている。また、その横に棘《とげ》か鉤《かぎ》のような突起を持った霊子型――これこそ《怨素》の形態だ――の写真も並べられている。

「前に清太郎君が、この霊子に《怨素》の気配があると言っていた。その後に調べると、確かに複数の《怨素》の痕跡が見つかった」

「複数？」と、空いた席に座っていた音名井が声をあげる。

「そう、複数だ。この霊子に付着していた《怨素》は、少なくとも三人以上。つまり、これは大量殺人犯の霊子だ」

その言葉に、所員の誰もが息を呑んだ。

「ここまで言えばもう解るよね。そう、この霊子型は等々力事件の犯人、等々力作美のものだよ」

萩原が言い終えるより先に、音名井が思わず立ち上がっていた。

「そんな！　それじゃあ、被害者はいずれも等々力の霊子を上書きされていたということですか？」

「そう考えるのが妥当だと思う。等々力本人の霊子型は、死刑囚ってことで非公開だったけれど、彼に殺された人間の《怨素》の型は記録に残っていたからね」

何も言えず、音名井は再び席に腰を下ろした。

「でもこれで、被害者の死体から《怨素》が検出されなかった謎も解けるはずだよ」

萩原の言葉に、音名井が何かに気づいたように声をあげた。

「そうか、等々力作美は死刑執行時に《怨素》を消す薬剤を使われている。それが死後の霊子にも影響しているなら、当然、その霊子が上書きされた死体からも《怨素》は出ない」

明かされた事実。それを咀嚼するために、いくらかの沈黙が流れた。それを嫌って、御陵がだらしなく手を伸ばした。

「おい、萩原。阿尾捨法で等々力の霊を降ろすゆうがは解る。けんど、関係もない人間にも影響が出るモンながかよ？」

「その辺は僕より清太郎君の方が詳しいと思うけど……。ううん、ここはまだ解らないんだ。でも関係者の中で、等々力に関わる人間はいるはずだ。飯山君だけじゃなくて、もう一人」

「小平、か」

病院での光景を思い起こした。音名井の情報によれば、小平の手術を担当したのは、等々力の死刑に関わった宇都宮だった。そこに細く頼りないが、一本の糸が確かに掛かっている。

またも無言の間が続いたが、それを振り払うように「はいはい！」と吾勝の威勢のいい声が聞こえてきた。

「今度はウチの番スね。今の話と繋がるかもしれない情報があるッスよ」

積み上げられた資料の向こう、背丈《せたけ》の都合で姿の見えない吾勝が胸を張っているようだった。

「ウチは小平監督の『生きている人達』を見返して、全部のセリフを音声で抜き出してたんスよ」

　御陵の机の上、ノートパソコンにメールの着信。吾勝が作成したファイルを添付して、全員に送ってきたようだった。

「すると、小平監督が喋ってる時、不自然な言葉遣いをしてる箇所があるのに気づいたんス」

「不自然な言葉遣いじゃあ？」

「そッス。宗教家みたいな喋り方って言うんスかねぇ。人を煽るような、焚《た》き付けるような、そんな喋り方ッス」

　御陵が険しい表情を浮かべた。

　その喋り方には覚えがある。あれは〈サバイバーズ〉で小平が喋っている時、誰もが彼の言葉に耳を傾け、陶然と聞き入っていた。

「でもッスよ。小平っていう人は、そういうカリスマとは程遠い性格だって言うじゃないスか。それで気にかかって、監督が喋ってるシーンの音声を解析したんス」

　御陵がノートパソコンでファイルを開き、吾勝が作成した音声ファイルを再生した。そこでは小平が映画の中で、出演者に向けて優しく語りかける場面が切り抜かれて繋げられていた。

「結論から言うと、それは等々力っていう人の喋り方とそっくりだったんスよね」

「等々力と同じ？　そりゃどういう意味じゃ」

「その等々力って人の音声、あんまり残ってないんスけど、逮捕後に一回だけインタビューに答えてて、その時の音声をなんとか探したんスよ。添付ファイルのもう片方を開いてみてください」

吾勝に言われ、御陵と共に他の所員らもファイルを開く。そこに表示されていたのは、音声の高低や調子をグラフに表したものだった。

「右が小平監督の音声で、左が等々力って人のッス。いくつかの要素が重なってるんスよ。これは普段の小平監督の音声では重ならない部分で、その時だけ喋り方が変わってるんスよ」

音声を確かめてみれば、いくつかの場面で喋り方に近しいものが見受けられた。

「等々力作美、っていうのはね――」

唐突な声に一同が身を引いた。声のする方を見れば、今まで気配を消していた烏越《うえつ》が所長席の方で小さく手を挙げていた。

「単なる殺人鬼じゃなくて、人心掌握が非常に上手《うま》い人間だったらしいんだ。学はなかったようだけれど、若い頃から集団の中心にいるような人間だった」

「なるほど、いわゆるサイコパス性質だ」

萩原の言葉に暗鬱《あんうつ》な響きが混じる。一方、自分の出番を取られた吾勝が抗議のために両手を振っていた。

「で、で！　話を戻すッスけど、以上の点を踏まえると、小平監督は一時的に等々力作美と同じ状態になる、ってわけなんスけど、これってつまり――」

「憑依じゃ」

「ああ！　ウチが言おうと思ったのにぃ！」

吾勝の文句を無視し、御陵が音名井に視線を向ける。同じことを考えていたのか、音名井もまた手を挙げ、小平が等々力に憑依されている可能性を一同に伝えた。

「これらの件を総合すると、小平監督は八年前から、何らかの理由によって等々力作美の霊子に憑依されていたと考えられます」

音名井が説明を終えると、萩原から深い溜め息が漏れた。

「憑き物筋っていう言葉がある。嫌な言葉だからあまり使いたくはないけれど、今回の事件を表すのはまさにこれだよ」

「どういう意味じゃ？」

「当然、清太郎君は詳しいだろうけど、憑き物筋っていうのは、憑き物と呼ばれる強力な霊を憑依させる家系のことさ。憑き物を使えば富をもたらすこともできるし、逆に憎い相手を呪うこともできる。そして、それを今回の事件で当てはめるなら」

「なるほど、小平が等々力の憑き物筋になったゆう話か」

「そう。小平氏は呪術を使い、自身に憑いた等々力の怨霊を他人にも憑依させた。それを呪いとして使えば、自らが手を下さずとも他人を殺すことができる」

「それが、被害者全てに等々力の霊子が上書きされていた理由ですか」

音名井からの疑問に、萩原は大きく頷いた。

「それが解ったなら、僕は一度本庁に戻りますよ。小平監督の霊子を確かめれば答えは出るはずだ。重要参考人として取り調べの場に来て貰う」

音名井が立ち上がり、積まれた資料を持ってオフィスから出ていこうとする。

御陵は立ち去る音名井の後ろ姿を見ながら、ただ思案していた。

直感と言われればそれまでだが、奇妙な違和感がある。それがために、どうにも萩原や音名井の言うことに首肯できないでいた。何かが足りないのだ。複雑に組み上げられた論理の怪物には、未だ血が通っていない。

何気なく御陵が辺りを見ると、離れた席で可愛らしい猫のぬいぐるみが片手を上げているのに気づいた。

「おい、林が手を挙げとるぞ」

ようやく御陵が気づいたことで、林は嬉しそうに手にしていた猫のぬいぐるみを下げて、厳しい顔に笑みを作った。

「林さん、どしたんスか?」

「い、いえ、皆さんの方で結論が出てしまったので、今更言うことでもないとは思ったのですが、一応調べたものは言った方がいいのかと思いまして」

「ああ、林は現場の方を調べとったな」

「そ、そうです。石神井池の周辺を調べていたんですが、その、特に進展するような情報もなく。と、特に何も検出はされませんでした。現場はあの通り、葛城さんの足跡があるだけで、他には何も」

「何も？」と吾勝からの疑問。

「は、はい。霊痕反応も見たのですが、何も検出されず――」

それを聞いて、御陵の眉が動いた。これまで喉元でつかえていた何かが、あと少しで落ちる。そういった感覚があった。

「林よ、霊痕反応ゆうがは、死体の血液から出るモンやったな」

「ええ、事件現場からは霊痕反応は出ませんでした。足跡付近の血は生きている内に流れたものだと思います。恐らく、葛城さんは池に落ちてから亡くなったのではないでしょうか？」

かん、と下駄が床を打ち鳴らした。

「なら、そういうことよ。あの足跡は正真正銘、葛城が池に向かって歩いていった跡じゃ」

当然といえば当然の御陵の答えに、所員達が奇妙な視線を送る。

「ああ、ええ。こっちの独り合点じゃ」

一人で納得した表情を浮かべる御陵は、改めてノートパソコンに手を伸ばし、吾勝が作成したファイルを開いた。そこでは小平の『生きている人達』の場面が再生されていく。塚原美奈《つかはらみな》、種田頼子《たねだよりこ》、麻木宏《あさきひろし》、そして葛城秋子。それぞれが映画の中で、新しい人生への希望を語っていた。

それらを括った細い糸を探す。結び目を解いて、再び別の形に結び直す。繋げるべきは、祟りという怪物の分かたれた四肢。

ここで御陵が「ああ」と声をあげた。

「どうしたんだい、清太郎君？」

「いや、これが解ったら、全て解けるかもしれん」

頷く御陵に対し、所員達は目の色を変えた。

「萩原、ちくと質問やけど〝キメラ〟ゆうがはなんじゃ」

「キメラ？　ギリシャ神話のかい」

「いいや、曳月が言うとった。曳月が言うなら〝キメラ〟は、別の意味を持っとるがじゃろう」

その言葉を受けて、萩原も何かに気づいたのか、目を見開いて大きく頷いた。

「枢ちゃんが言うなら、その〝キメラ〟は間違いない」

静まり返った霊捜研のオフィスに萩原の玲瓏《れいろう》な声が響く。鏡の如く澄んだ水面に、その重い石が投げ込まれた。

「それは〝キメリズム〟のことだ――」

6.

血塗れの腕がのたくり、何か絵を描こうとしている。虚空を鮮血に染めながら、それぞれ分かたれた腕や足が一つに括られようとしている。

もう間もなく、祓うべき祟りが姿を現す。

霊捜研の屋上で、御陵は一人で煙草をくゆらせながら、夕陽に染まった中野の街を見下ろしていた。

夜に向かう風が吹き、線香の匂いにも似た芳香が辺りに漂う。紫煙は御陵のコートにまとわりついてから、高い空へと消えていった。

音名井には頼み事をしてある。彼から新しく情報がもたらされれば、全ての謎は解けるだろう。

「あ、ミサさん、こんなところにいたッスか」

屋上に続く扉の前で、吾勝が手を振っていた。

「おう、音名井は戻《も》んてきたか」

「戻ってきたッスけど、うわ、クサッ、ミサさんの煙草臭い！」

「そやき、人前で吸わんようにしゆうろう」

煙草の火を消し、御陵は屋上をゆっくりと歩いていく。下駄の音が甲高く響く。

「ほいで、音名井は資料を用意してくれたかよ」

「そっちはばっちりだ、って。でも何なんスか、被害者全員の過去の入院記録って？」

「ほう、あったか！　そりゃええ」

面白そうに御陵が声をあげて笑う。吾勝の方は「笑い方がキモいッス」と無遠慮な感想を漏らす。

「あ、それと伝言で、ヒッキー先輩が小平監督と撮影に行った、って……」

不安げな表情で、吾勝が扉の前で御陵を待っている。

「なるほどな。ほいたら、あんまり時間はなさそうじゃ」

風が吹き、御陵のコートが翻った。忍ばせた呪具が打ち合って音を立てる。コートの下には普段とは違う和服が見える。それは陰陽師としての正装。相手取るのは、殺人鬼の怨霊。そして、その背後にある巨大な怪物。

「さぁ、ラストシーンといこうや。これより先は俺の仕事。祟りの正体を仕分ける呪詛《すそ》鎮め、〝取り分け〟をさせて貰うぜ」

赤く染まる空に向け、御陵は歯を見せて不敵な笑みを送る。

「この一件、げにまっことあやかしい」

重い鉄の扉が閉まった。

第五章――シシュフォスの孫

1.

――人の死に触れると、いつも背中の皮膚が痛いほどに張るんです。

小平千手《こだいらせんじゅ》は事件後の取り調べでそう語ったという。

とにかく人の死ならば何でも良い。話を聞くだけでも皮膚が張る。その度に自分ではない何者かが入り込む。皮膚と肉の間に挟まった別の誰かが表に出てくるのだ。

ただしフィクションでは、その感覚は起こらなかった。かつて自分が撮ったホラー映画などは、改めて見るとあまりの稚拙さに頭を抱えたくなるほどだった。人の死などとは程遠い、あれはもどきの死だった。どうしても現実で起きた人の死でなければいけない。

そういった意味では、あの〈サバイバーズ〉で人々が語り合う、それぞれの悲しい過去の話は常に真実だった。誰かが話す度に、皮膚が酷く突っ張る。あの人達の経験はフィクションではなく、この世に実際に起きたものだった。

特に、今まで『生きている人達』に主演した人々の話は、何よりも震えるものがあった。だからこそ、その人達を主役に映画を撮ろうと思えた。どれだけ現実に迫れるかは解らない。けれども、人生をまるごと言葉で叙述して貰えれば、少しは近づけると思っていた。

彼らはカメラを前に、これまでの人生を語ってくれた。

自分は傍観者で、観客そのものだった。今、この瞬間を生きている誰かが、彼らと同じように語るべき人生を送っている。誰でも同じだった。誰であれ、フィルムに残されるべき物語を持っているはずだ。それを映画で伝えたかった。

そして、それに相応しい最期を与えたかった。

出演者が死ぬシーンを撮る時は、どうしても心苦しかった。それは作中で死を与えるからではなく、死を演じて貰うことが辛かったからだ。それだけは、どうしてもフェイクに頼らなければいけなかった。

だから、出演者が本当に死んでしまった時は、悲しみもしたし、喜びもした。

これで映画は本当の意味で完成したと思った。自分はいかに非難されても構わない。殺人映画を撮った人間だと罵《ののし》られようと、映画の価値は変わらない。

本当は、一人分の人生を最初から最期まで撮るのが夢だった。

自分に子供が生まれれば、その瞬間からカメラを回し、幼き日々を撮り、入学式、卒業式をレンズ越しに見て、初恋に破れた日、恋が実った日を記録し、独り立ちした日には何百本目かのフィルムを託そうと思っていた。やがて子供も結婚し、子を生《な》す。その時には カメラを渡し、今度は自分自身の人生を記録して貰いたかった。その最期には立ち会えないだろうが、親子二代を経《へ》て、ようやく一人の完全な人生映画を撮れると信じた。

その夢を、大学の映研時代に妻に話したことがある。

——私も、そんな映画が見てみたい。

思えば、それがプロポーズの言葉になったのだろうか。結婚など意識しなかったが、彼女もその夢に付き添うと約束してくれた。

やがて妻が妊娠し、その夢が叶うと思った矢先に、あの交通事故に巻き込まれた。

もう夢は叶わない。

ベッドの上、全身を包帯にくるまれ、意識と呼べるかも解らない現実と夢の狭間《はざま》に身を横たえていた。火傷の痛みと痒《かゆ》み、そして乾きに耐えながら、その事実に打ちひしがれた。

次に目が覚めた時、既に自分の皮膚の内に別の誰かがいるような感覚があった。妻の死を受け入れ、自分自身も死んでしまおうと思う度に、その別の誰かが激しく身をよじった。

リハビリを終えて、再び映画を撮る気力を取り戻すまでの間、皮膚の内側の誰かは何度も語りかけてきた。

死にたくない。死にたくない。もっと生きていたい。

暗い部屋に籠もり、その誰かと会話を続けている内に、何か使命のようなものを得た気がした。妻も子もいない。我が子の人生映画を撮ることはできない。それなら、他の誰かの人生をでき得る限り映画で叙述しよう。そして、もっと誰かの生と死を見届けよう。

その時から、何か薄絹のようなものが自身の皮膚を覆う感覚がつきまとうようになった。映画を撮る度に、主演の人達が死んでしまう度に、何枚も、何枚も、その薄い膜が重なっていく気がした。もっと自身に厚みを持たせなくてはいけない。

もっと映画を撮りたかった。

できるなら、人の死ぬ場面を撮りたい。そこまですれば、ようやく一人分の人生が描ける。

時折、レンズ越しに殺意のようなものを向けている自分に気づいた。カメラの向こうの誰かが、そのまま死んでしまえば、撮りたい画が撮れると思ってしまえた。

最後まで自分は傍観者だった。自分は観客だった。それでも他人の人生を剝ぎ取って、自分の衣にしていく実感があった。きっと、映画を見る人は、フィクションを楽しむ人は、自分と同じように誰かの人生の表面を皮膚に重ねていくのだ。

継ぎ接ぎでいい。我が人生の表皮は既に焼け爛《ただ》れて、今ある自分は他人の皮をまとっているだけだ。本物ではないかもしれないけれど、偽物でもない。そんな人達は、大勢いるはずだ。

——貴方はキメラなんですよ。

「だから彼女は、そう言ったんでしょうね」

その言葉を最後にして、小平千手の取り調べは終わった。

御陵《みささぎ》と音名井《おとない》の二人が三鷹台の踏切に到着した時、そこには線路の上に倒れ伏す曳月《ひきつき》の姿があった。

踏切の反対側には、動かなくなった曳月をカメラ越しに見下ろす小平と、その横に車椅子の飯山《いいやま》がいる。

再びの逢魔が時。この時に限って人の姿もなく、辺りには声も聞こえない。澱んだ赤い空の下、男達の影が長く伸びている。

御陵と音名井の側からは、曳月の顔は見えない。

アスファルトに広がる髪と、乱れたロリータ服のフリルが小さな影を作っている。曲がったままの細い腕。地面に叩きつけられた人形のように、無様《ぶざま》で陰惨な印象を与える。

「ぐふふ」

やがて奇妙な笑い声が聞こえた。

「ぐっ、ぷぷぷ」

いよいよ痺《しび》れを切らし、御陵が踏切へ入っていく。倒れたままの曳月の横でしゃがみ込むと、彼女の腰辺りに手を置いて一気に押し転がした。

「にゃははぁ、限界、限界！　死んだフリ無理ぃ！」

御陵のなすがままに転がされ、曳月は線路上で大の字になると、夕焼け空に向けて笑い声を放った。呆れ顔を浮かべる御陵と音名井をよそに、曳月は「よっ」と一声、体を起こすと小平と飯山を引き連れて踏切を渡っていく。

「全く、呑気なヤツじゃのう」

「それでこそ曳月さん、というところか」

線路は浅い川に隣接している。井の頭公園から続く神田川だった。曳月達を追って川沿いの遊歩道へと入った御陵は、何気なく周囲に目をやる。線路の架線、街を覆う電線の黒い影が、織り目のように夕焼け空に交差していた。

「それで監督、これで撮影は終わり？　クランクアップかしら」

川縁の鉄柵《てっさく》に身を預けた小平が、曳月の言葉を受けてハンディカメラを下げた。今までカメラで覆われていた小平の顔が露になる。いくらか憔悴《しょうすい》しているようだが、その瞳には不気味な光が灯《とも》っている。

「本当は、もっと撮っていたかったんだ」

「そう、でも残念。きっと、これが最後のシーンになると思うから」

曳月は憂鬱そうに呟くと、背後の御陵と音名井の顔を確かめた。

「清太郎《せいたろう》ちゃんが、その格好で来るってことは、もう解ったんでしょ？　この祟りの正体」

「まぁな。俺は〝取り分け〟をせんといかん」

御陵は懐に手を入れたが、それを阻《はば》むように飯山が割って入った。

「待ってください、御陵さん。どうしたんですか？　〝取り分け〟って一体なんですか」

「俺の陰陽師としての仕事よ。祟りや呪い、そういったモンを取り分けて祓う。場を清める。それが〝取り分け〟よ」

「祟り、それって――」

言葉を継ぐより先に、音名井が飯山の方へと回り、彼の車椅子を後ろへと引いた。飯山は不安そうに振り返りながらも、意図を察したのか、大人しく小平から離れていく。

御陵と曳月、音名井と飯山。それぞれが両側から小平の動きを注視していた。

「どうしたんですか、皆さん。なんで私から離れるんですか？」

「その理由、もう解ってるんじゃないかしら」

曳月が一歩踏み込み、御陵よりも前に出る。

「清太郎ちゃん、少し私にも話をさせて頂戴《ちょうだい》。いいでしょ？」

「その方が仕し易《よ》いがやったら、俺は曳月に任すぜ」

御陵が頷く。自分の前に立つ、背の低い上司の後ろ姿を見守っている。

「それじゃあ、清太郎ちゃんの〝取り分け〟の前に、私から小平監督にいくつか話をしたいと思います」

「それは、なんだか楽しそうだ。このシーン、映画で使いたいけど、いいかな？」

「ご自由に」

曳月の言葉を受けて、再び小平がハンディカメラを構える。夕闇の中、彼の顔が黒い機器と混じって影を作る。

「最初に小平監督、貴方は何か、自分では意図しない言葉を言ったり、行動をしたり、あるいは誰かの声を聞いたような経験はありますか？」

小平がカメラの向こうで、驚愕《きょうがく》の表情を浮かべたのが解った。

「ああ、曳月さんもそう言うんですね。以前、懇意にしている霊能者の方から、同じようなことを言われましたよ。まさか、曳月さんも霊能者なんですか？」

「だったら楽しげなんですけど。いいえ、私のは心霊科学です」

小平の表情が奇妙に歪んでいく。カメラの横から覗く、彼の鼻筋の皮膚が激しく痙攣《けいれん》していた。

「宇都宮《うつのみや》先生と話をして確証を得ました。ご存知ですよね、八年前に事故に遭った貴方の手術を担当した方です」

「ええ、宇都宮先生は私の命の恩人だ」

御陵からは曳月の表情は見えない。それでも、その時に悲しげな顔をしているだろうことが解った。彼女の背に、その感情の影が映っている。

「結論から言いますね。小平監督、貴方は等々力作美《とどろきさくみ》に憑依されているんです」

等々力作美。その言葉に反応したのは、飯山だけだった。声をあげるでもなく、息を呑んで、車椅子の上で肩を抱えてうずくまった。

「等々力？　それは、飯山君の家族を殺した――」

「そうですね。殺人鬼、死刑囚。そして、貴方のもう一人の命の恩人です」

言葉の意味が解らないといったように、小平は僅かにカメラを下げてこちらを見た。疑念に満ちた瞳と、不随意に動いていく顔の皮膚。

「どういう、意味ですか？」

「そのままです。貴方は宇都宮先生の手術によって命を救われた。重度の火傷を負った貴方は、皮膚移植手術を受けたはずです。でも、その皮膚のドナーについては何も知らない」

嫌な空気が漂った。生温《なまぬる》い風が、小平の髪を揺らしていた。

「貴方の元の皮膚は、貴方が手術を受ける三日前に死刑で死んだ、等々力作美のものですよ」

を掻いている。

そこで小平は呻いて左手で顔を覆った。引きつった皮膚をなめすように、何度も手で顔を掻いている。

「広範囲熱傷の場合、自分の皮膚を移植できないために、まず他人の皮膚を移植するんです。その後、皮膚組織が再生したら、改めて自家移植を行う。貴方の手術に用いられたのは、死後に冷凍保存された等々力作美の皮膚だった」

「そんな、私は何も知らない。移植された相手が、死刑囚だなんて、そんなこと、あり得ない――」

驚愕と困惑の中、小平は必死に曳月に反論を試みようとする。しかし、曳月は、それにも寂しそうに首を振るだけだった。

「現在の死刑方法は薬殺刑ですから、生前と変わらない状態で皮膚を採皮できるはずですよ。倫理的には、確かに問題はあるでしょうけどね」

呻き続ける小平に対し、曳月は一つずつ言葉で楔《くさび》を打っていく。逃げられないように、その苦しみを受け入れさせようとしている。

「貴方が時折、誰かの声を聞いたりするとしたら、それはきっと等々力作美の声ですよ。貴方の皮膚に残った、等々力の霊子《りょうし》が貴方に影響を与えている」

「そんなこと――」

「貴方は〝キメラ〟なんですよ」

カラスの鳴き声が響いた。夕闇に無数のカラスが集まっている。人間達を嘲笑《あざわら》うように、何度も空から声を届かせる。

「キメラ？　キメラというのは？」

小平の疑問に、今度は背後から音名井が声をかける。

「医学でいうキメリズムのことです。そうですね、曳月さん」

「そゆこと。オギちゃんが説明してくれたかなぁ？」

曳月が振り返って、子供じみた笑顔を御陵に向ける。彼女の唐突な変化についていけず、御陵は短く頷いただけだった。

「キメリズム、医学的には異なる遺伝子組織が一人の人体の中で共存すること。輸血、臓器移植、あるいは妊娠で、別人の体組織が生着している状態を、そうやって呼ぶんです」

冷たく言い放つ曳月に、小平は顔を歪めたまま、何度も首を振って事実を咀嚼しようとしている。

「キメラ化現象自体は医学的にも理解されてる。でも貴方の場合は、もっと複雑怪奇な現象が起こっているんです」

「複雑、怪奇？」

「貴方は死者の皮膚を移植されたことで、その人物の霊子と自身の霊子が癒着《ゆちゃく》してしまっている。いわば〝霊子キメラ〟の状態にあるんです」

霊子キメラ、と何も考えられない様子の小平が、口の中で言葉だけを繰り返していた。

「記憶転移って聞いたことあります？　臓器移植を受けた人が、以前とは性格や考え方、趣味嗜好が変わってしまうこと。あるいは見たこともない風景を思い出したり、聞いたこともない言葉を話す。生前のドナーと親しかった人と出会い、不思議と昔から知っているような感覚を受ける。つまり臓器提供者の持っている記憶を受け継ぐといった現象です」

不安に歪んだ小平の顔。曳月はそれを見て、寂しそうに首を振った。

「臓器移植による記憶転移。医学的には認められていない現象ですけど、私はこれが〝霊子キメラ〟の状態だと思っています」

霊子。人間の記憶と思考を司《つかさど》る粒子。それが別人の体に宿り、そこで再び活動を始める。幽霊に取り憑かれ、故人しか知り得ない事実を語り、性格も一変してしまう人々。一時的には憑依として説明されるそれが、霊子キメラという現象によって引き起こされているとするのなら。

「改めてもう一度言いますね、監督」

曳月が呼吸を整えた。胸が小さく上下する。

「貴方は、等々力作美の霊子と一体になった〝霊子キメラ〟です。ただの憑依ではなくて、貴方の思考や記憶の一部は等々力本人のものに由来しているんです」

「そんな、私は――」

「監督、貴方の思考はもう、等々力の霊子と一体化してるんです。映画を通じて、何度となく人の死に触れる。死を描こうとする。それは貴方だけのものじゃない。冷酷な殺人鬼のそれが貴方の映画に対する情熱、いいえ、妄執の正体です！」

悲鳴が聞こえた。

小平ではなく、その背後で様子を見守っていた飯山のものだった。顔を覆い、受け入れがたい事実に慟哭している。

「嘘だ、そんなの！　小平監督が、なんで」

悲痛な声をあげる飯山に、車椅子を押さえる音名井が憐れむような視線を送っていた。

「監督が等々力の霊子を持ってて、それで、どうなるっていうんです？　多くの人が死んだのも、監督のせいなんですか？」

「飯山君……」

飯山が両手に力を込め、車椅子を前に押し出そうとする。それを阻むように、音名井が少年の震える肩を摑んでいた。

「なんで、なんでですか？　監督が何をしたっていうんですか？」

飯山の絶叫に、曳月が僅かばかり視線を逸らした。

「小平監督は等々力の霊子を持っている。彼は呪術を使い、映画の出演者に次々とその霊子を憑依させていった。そして、それぞれが自殺するように仕組んだ。その最期を映画で撮るために——」

「そりゃ違う」

御陵が言葉を遮った。曳月が驚いた表情で振り返った。

「小平は、誰も殺しちゃあせん」

「ええ?」

「曳月、説明感謝するちゃ。俺じゃ医学やらなんやらは上手く喋れん。けんど、ここで選手交代よ」

御陵が曳月の肩に手を置いてから、彼女の前へと踏み出た。心配そうに御陵を見つめる視線が一瞬だけ見て取れた。

「この祟り、単なる憑依やない。等々力の霊子を持った小平が、呪術を使うて他人を操りよったゆうがが曳月の推理よ。その果てに、被害者は不自然な自殺を遂げたと」

「え、違うの?」

背後からの脳天気な声に、思わず御陵は眉を吊り上げた。

「違う。そりゃ絵の一部よ。この事件の全景は、もっと奇妙奇天烈《きてれつ》なモンやき」

湿気を含んだ風が辺りを覆った。踏切の警報機が鳴り響き始める。耳障りな音が断続的に流れる。

「等々力の霊子を持っちょったがは、監督一人やない」

御陵の声が掻き消されていく。警報機の音が強くなる。遠くに電車の光が見えた。空を飛ぶカラスが騒ぎ、不吉な気配が濃くなっていく。

音名井が眼鏡を直した。夕焼け空が反射し、その下の表情を覆い隠した。

「僕が確かめた限りですが、被害者の全てに共通点があります」

「共通点、ですか」

不思議そうに小平が首を傾げた。

「塚原《つかはら》美奈《みな》、種田《たねだ》頼子《よりこ》、麻木《あさき》宏《ひろし》。そして、葛城《かつらぎ》秋子《あきこ》。その全員が、かつて等々力作美の臓器を移植されていた」

閃光が走る。

轟音《ごうおん》を響かせて、御陵達の横を電車が駆け抜けた。夕陽と電車の影が、それぞれの顔を交互に彩《いろど》っていく。巻き起こった風に体を晒している。今はまだ声を出す者はいない。

「八年前」

電車が駅へと入っていく。ブレーキ音の残響が収まったところで、ようやく音名井が声をあげた。

「福島県で亡くなった塚原美奈は小学校時代に肝臓を、種田頼子は肺を、麻木宏は膵臓《すいぞう》を、そして葛城秋子は腎臓《じんぞう》を、それぞれ八年前に移植されているんです」

「葛城が臓器移植を受けちょったことは、俺らも聞いちゅう」

御陵からの声に音名井が深く頷いた。

「移植手術が行われた日は、いずれも等々力の死刑が執行された日か、その翌日まで。ドナーの情報については、警察が調べても最後まで個人情報保護を盾に明かしてくれませんでしたが、手術の日を考えれば自明だと思います」

「え、ちょっと待って！　それじゃあ、被害者全員が──」

曳月の不安そうな声が届いた。

「ほうよ。小平が呪術で等々力の怨霊を憑かせたゆうがとは違う。被害者は全員、今さっき曳月が言うた〝霊子キメラ〟の状態になっちょったにかぁらん。その、死の間際にな」

「死の間際って」

「例の呪術、阿尾捨法よ。個人の体に残っちゅう霊子を増やし、霊を降ろす術。移植手術を受けた人間やったら、当然、その臓器に等々力の霊子が残っちゅうきに」

それが真実。それこそが真実。

被害者のいずれもが、等々力作美の臓器を移植されている。それゆえに、彼らは降霊術によって小平と同じく霊子キメラの状態となる。被害者全ての霊子が同一のものであったことの答え。彼らは全員、死の間際にあって、等々力作美の霊子に乗っ取られていたのだろう。

「そんなこと、あり得ない！」

小平が叫んだ。影絵となった四人が彼を取り巻いて見つめている。

「そんな事実、私は何も知らない。私が移植手術を受けたのは確かですが、だからって他の人達も同じだなんて。私と彼らの出会いは偶然だったはずです」

「偶然やないろう。なぁ、曳月」

「え？　あ、そうか、記憶転移！」

振り返った御陵に向けて、曳月が得心した顔を浮かべた。

「全員に記憶転移が起こっているなら、自分と同じ等々力作美の臓器を受け継いだ相手に特別な執着を見せる。主演の人達は小平監督を知ることで、自然と引き寄せられて〈サバイバーズ〉に参加していった。そして監督が彼らを主演に選んだのも、彼らが他ならぬ自分と同じ霊子を持っていたから……」

「ほうよ、まるで生き別れの兄弟と出会うようにな」

御陵はその言葉を最後に、あとはただ麦わら帽子のつばに指をかけて表情を隠した。音名井も震える飯山の背後に控え、曳月も声を出さずに息を呑む。小平だけが、笑おうとしているのか、泣こうとしているのか、何度も顔を歪めている。

「それで――」

沈黙を破ったのは飯山だった。猜疑心《さいぎしん》に揺らいだ暗い瞳で、御陵の方を仰ぐように見つめていた。

「監督や他の人達が、アイツの、等々力の霊子を持っていたからって、それでどうなるんですか？」

「俺が言うた方がええか？　アンタも、もうどこかで解っちゅうがやないが」

麦わら帽子の端から、御陵の鋭い視線が垣間見《かいまみ》えた。

既に太陽は沈みかけている。藍色《あいいろ》に染まり始めた街の中で、少ない街灯の光だけがお互いの足元を照らしている。

「小平は誰も殺しちゃあせん。アイツは映画を撮っただけよ。自分と同じ、等々力の霊子に引き寄せられてな」

「じゃあ、どうして皆は死んでしまったんですか！」

「そりゃあ――アンタに殺されたからじゃ、飯山」

最後の一線を越え、西の彼方で太陽が没した。

夜が来る。耐えようもないほどの沈黙。遠く背後の駅舎から届いた光が、御陵の顔に深い影を作る。

清太郎ちゃん、と、ここで背後から曳月のか細い声が聞こえた。

「一体どういうことなの？　飯山君が殺したって」

「そのままよ。塚原、種田、麻木、そして葛城。四人の人間を殺した犯人ゆうことよ」

御陵の言葉に、事情を知る音名井でさえ身を固くした。名指しされた飯山もまた同様に、薄闇の中で御陵に訝しげな視線を送っていた。

「飯山、アンタは四人の人間を殺した。いや、アンタにとっては一人か」

飯山の表情は見えない。ただ車椅子の上で、人影が身悶《みもだ》えしているのが見えた。

「御陵さん、なんで、そんなことを言うんですか？」

「時間がないきに、言葉を選ぶ余裕もない。アンタには辛い言葉を使うか知れんが、許しとぉせ」

「そんな、わけも解らないことを――」

「なぁ飯山よ、確かアンタ、多摩川の川縁で初めて等々力の怨霊を見たち言いよったな」

「それは、そうです。あれは雨の日で、凄く不気味で」

「ほいで、どういた。等々力の怨霊を見て、アンタは何をした」

御陵の声は優しかった。年少者の悩みでも聞くように、気安い調子で語りかける。その響きの裏に、いかに不穏なものを孕んでいようとも。

「僕は怖くなって……。でも、それ以上に家族を殺された時の怨みが、そうです、怨んでたんです、僕は。だから思わず、等々力に体当たりしました」

「ほいで、川に突き落としたか」

飯山が弱々しく頷いた。

「その次はどうじゃ。アンタ、塚原が死んだ時、撮影に同行しちょったろう。そこでも等々力の怨霊の姿を見たか」

「そうです――僕は、山道を歩く等々力の姿を見ました。あの時、確かに川に突き落としたのに、等々力はまた現れたんです」

「で、どういた」

言葉を続ける。会話そのものを呪法として、御陵が飯山の心中の不安を明かしていく。

「怖かった。でも危険だと思ったんです。等々力の怨霊が、誰かを殺すかもしれない、って思って。だから僕は後ろから近寄って、それで」

「ほいで、アンタは」

「僕は、等々力が道端《みちばた》で蹲《うずくま》っている時に、後ろから――石で頭を殴りつけたんです」

飯山の言葉に、音名井と曳月が息を呑んだ。

後頭部への打撲痕。それは霊捜研で見た、塚原の死因と一致している。

「それだけやない。アンタは小平のパーティがあった日も、等々力の怨霊を見たにかぁらん」

その言葉に、今度は飯山が短く悲鳴を漏らした。

「どうして、解るんですか?」

「見たがか」

「見ました。駅の近くで、人混みを歩いている等々力の姿を見ました」

「ほいで」

「僕は——また等々力が蘇ったと思って、だから後を追って」

「後ろからナイフで刺したがやろう」

静かな同意の声が返ってきた。ぽつぽつと灯る人家の光の群れ、その窪《くぼ》みに生まれた闇。その闇の中で、飯山が力なく頷いていた。

「けんど、等々力は死なざった。そうじゃろう」

「そう、です。それで、今度は、秋子ちゃんを」

「襲ってきた。アンタはそれに反抗した」

「そうです！　等々力は暗闇から突然現れて、包丁を構えてきたから、僕は、それで」

「それを奪って、腹を刺した」

再び警報機が鳴り始めた。

耳障りな機械音の中で、御陵が一歩前へと踏み込んだ。

「アンタは何度も等々力を殺した。そいつはアンタの怯えや、不安のせいじゃ。誰かを殺させせんようにしたがやろう」

歩きながら、御陵はコートの内から一枚の三五斎幣を取り出し、その手に握り締めた。

「けんど、それは誤りやった。大きな誤りよ」

御陵が三五斎幣を左右に振る。周囲の霊子を依り憑かせていく。

「――字文法文かたきについた南無すそ神でこれあるとも、この祭文で御安座、御堪能《たんのう》、御法楽して」

鳴り続ける警報機を鉦《かね》の音に、御陵が口の中で祭文を唱えていく。この場にこびりついた不穏な気配が、ひとところに集まっていく感触。

「さぁ、祟りの正体を明かして〝取り分け〟せんといかん」

張り詰めた空気をつんざくように、電車が警笛を響かせてホームから滑《すべ》り出た。窓から漏れた四角い白い光が、断続的に御陵達の顔を照らしていく。

「あれが、アンタを怯えさせた等々力の霊よ」

御陵が三五斎幣を挟んだまま、飯山の方を指差した。それまで話を聞いていた小平が、それに釣られて何気なく振り返る。

その途端、絶叫が響いた。

「と――」

飯山が車椅子の上でもがき、その場から逃げ出そうと上半身をよじっている。

「等々力がいい、いる！」

走り去る電車の音に掻き消されてなお、飯山が恐怖に震え、何度もその名を叫んだ。

「飯山君、一体どうしたんだ?」

少年の恐慌に、思わず小平がそちらに足を向ける。断続的な光の中で、小平の顔が微笑みとも、憐れみともつかない、奇妙な表情を形作っていた。

「また蘇った! 等々力が蘇った! どうして、なんで誰も気づかないんだ! そこに等々力がいるのに!」

叫び声が響く。手を振り回し、飯山は目の前の恐怖を払いのけようとしている。

「く、来るな! 来るな!」

飯山はその場から逃げ出そうとするが、その肩を音名井がしっかりと摑んだ。恐怖に耐えきれず、少年は両手で頭を覆った。

ふと御陵のコートが後ろから引かれた。振り返れば、厳しい目をした曳月が立っている。その表情を読み取り、御陵は短く唸ってから目を伏せた。

「これで解ったろう」

御陵が三五斎幣を振って、そこに依り憑いた霊子を放す。残されたのは、恐怖に竦み、何度もしゃくり上げる少年の弱々しい姿。

「霊子は人間の五感に作用するちや。特に《縁》の強い相手は、その霊の姿をはっきりと見る。今、飯山が見よったがは小平やない。小平の裏側におる、等々力の霊の姿そのものよ」

小平が振り返って御陵を見た。何かを探るように顔をしかめた。

「それじゃあ、まさか飯山君は」

「ああ。これまで何度も等々力の姿を見たはずじゃ。そりゃな、阿尾捨法によって、体に残った等々力の霊子を発現させた、これまでの被害者達の姿よ」

鈍《にぶ》い音が聞こえた。それまで小平が構えていたハンディカメラが、手を滑り落ちて地面を打った。細かな部品が辺りに飛び散った。

「秋子ちゃんが死んだのは――飯山君が」

その先を言えずに、小平は呻《うめ》いてから姿勢を崩して鉄柵に身を預けた。音名井も曳月も、その言葉を告げられずに顔を伏せた。御陵だけがただ一人、己に課せられた使命を全うするために言葉を続ける。

「飯山よ、葛城が等々力に襲われた直前、あの子は何をしとった」

「それは」

飯山が言葉に詰まった。浅い呼吸が繰り返される。不随意に動いた喉から、ひゅう、と痛々しい音が漏れた。

「あの時、秋子さんは、僕に包丁を見せてくれました。等々力が襲ってきても、私が守ってあげるから、って」

「ほいで、アンタが次に見たのは何じゃ。そこにおったがは、包丁、を持った等々力やったろう」

「ああ」

ようやく事実に思い至った飯山が、顔を覆っていた手を下げた。

「じゃあ僕が殺した等々力は——秋子さんだった」

飯山の目が強く見開かれた。眼球が忙《せわ》しなく左右に動き、肺から空気を追い出すような、悲痛な笑い声が漏れた。

「はは、ああ、そうか。あの時、秋子さんはいなくなったんじゃない。等々力の姿になったんだ。そうか、なんだ、そうか」

紺色の空に向けて、吼《ほ》えるような笑い声が響く。

「僕が殺したんだ！　等々力と勘違いして、秋子さんを殺した！」

笑い続ける飯山に対し、音名井が優しく肩に手をやった。御陵もまた、顔を伏せながら少年に向けて首を振った。

「もしも、最初の被害者の死体がそのまま残っとったなら、アンタも間違い続けることはなかったろう」

「そのまま、って、どういうこと清太郎ちゃん」

未だコートを握り締めている叓月を一瞥《いちべつ》してから、御陵は小平と飯山の方を見つめた。

「飯山、アンタは今の今まで気づかんかった。自分が殺したがは等々力やと思い込んで、バラバラになって死んだ被害者はその怨霊に殺されたと思い込んだ」

対峙する飯山が、喘《あえ》ぎながらも小さく頷いた。

「この祟り、警察も取り込まれてしもうたな。言葉ゆうがはまっこと恐ろしい」

「どういう意味、清太郎ちゃん？」

「バラバラ殺人事件ゆうて、全ての被害者が括られた。詳しい死因なんぞより、そのおどろおどろしい言葉の方に引き寄せられた。飯山のヤツも、被害者の死因が後頭部を石で打たれたことや、山中で死んどったことを知れば、事実に早く気づけたかもしれん」

御陵の鋭い視線が、真っ直ぐに飯山を捉えた。

「この祟りは、飯山一人なら起こらんかった」

「それって、どういう意味ですか？」

飯山が何かを堪《こら》えて、それでも尋ね返してくる。

「何度殺しても等々力は蘇る。そりゃあアンタから見ればそうじゃろう。アンタは等々力を確かに殺したはずやった。けんど翌日に死体が出ることもなく、代わりに自分の知らん場所でバラバラ殺人事件が起こる。そうしてまた、等々力の姿を見る。霊が蘇ったと思い込む。それの繰り返しよ」

「そう、だから僕は何度も……」

「アンタが等々力を殺せば殺すほど、バラバラの死体が上がる。けんども、一件だけバラバラにならんかった死体があった、そりゃ道理よ。そこで死んだ人間こそ、今まで死体を解体しとった本人やったきに」

あっ、と背後から曳月の声があがった。

「そうじゃ。気づいたな曳月。ほうよ、これまで飯山が殺した人間の死体を解体して捨てたがは――」

かん、と下駄が地面を打った。

「葛城秋子よ」

言葉もなく、飯山は手で顔を覆った。小さく慟哭の声が風に乗って届く。

「飯山、アンタは麻木が死んだ日に何をしとった。アンタは等々力を殺したち、あの子に言うたか」

「そうです。僕は等々力に出会ったって言って、そしたら――秋子さんは、後は私が何とかするから、って」

御陵が顔をしかめる。あの日の夜、恐らく葛城は、御陵と別れた後に怯える飯山の元へと向かった。そこで彼女が目撃したものは何だったのか。ただ等々力の怨霊に怯える飯山と、罪もない男の死体。それを前にして、あの少女は何を行ったのか。

「どんな思いがあったかは知らん。しかし、葛城はアンタの凶行を知っちょった。愛する人間が殺人者になる。それも本人にとっては、等々力ちゅう男の悪霊を殺しただけ、自衛のための致し方ない行為よ。それをどう思うたか、そこは部外者の俺には想像もできん」

「それじゃ、それじゃあ、秋子さんは」

「アンタを庇うために、死体を運び去ってバラバラにして捨てた。刃こぼれした包丁も、葛城本人が持っとったモンじゃ。怨恨でも何でもない。犯行を隠すための方策よ」

それ以上、飯山が何かを言うこともなく、ただ嗚咽《おえつ》だけが返ってくる。あの少年の感情に寄り添えれば、どれほどに楽だっただろうか。しかし、祟りを祓うには全てを明かさなくてはいけない。

「この事件を複雑にしたのは」

ここで、ことの成り行きを見守っていた音名井が声をあげた。

「彼女、葛城秋子さんの行動があったからだ。三件目の事件、麻木氏の死体発見現場で、彼のものと思われる足跡があった。しかし、それは他ならぬ、葛城さんがつけた足跡だ」

「え、高潔《たかきよ》ちゃん、それってどういうこと?」

「簡単です。彼女は夜半から明け方にかけて、荒川の河川敷で遺体の解体作業をしていた。それが途中で雨が降ってきたために、帰りの足跡が残る状況になってしまった」

音名井に次いで、御陵も曳月の方へ振り返る。

「焦ったろう。これまで必死に犯行を隠してきたに、ここでバレるわけにはいかん。そう思うて、葛城は咄嗟に麻木本人の足を使うた」

「足、って？」

「そのままよ。目の前にはバラバラにした遺体がある。麻木の死体は靴が脱がせんかったきに、靴だけ使うこともできん。そやき、葛城は麻木の死体の足を竹馬の要領で使うて、足の甲を上から踏みつけながら逆の足跡をつけて戻った」

曳月がフクロウのように目を見開いて、小さく口をすぼめた。

「後は荒川の下流まで行って、足跡のつかない地点からもう一度足を捨てればええ。傍目には死体が流れ着いたようにしか見えん」

御陵の説明に、さらに音名井が説明を加えていく。

「この隠蔽工作があったために、葛城さんの事件で彼女の足跡が不自然に見えてしまった。彼女一人分の足跡が池へと向かっている状況。何かに憑依され、死体が歩いていったかのように見えた。けれども、事実はそうじゃない」

「ほうよ、あの足跡は間違いなく、葛城が自分の意思で歩いていきよった証拠よ。それが霊痕で解ったちや」

現場に残っていた霊痕。人の死後に漏れ出た霊子が、血液に残るという現象。麻木の足跡からは検出されたそれが、葛城の足跡からは出なかった。

それが示す事実。

「葛城は生きちゅう内に、自分の意思で池に飛び込んだがよ。最後の最後まで、アンタの犯行が解らんように」

既に街は夜に沈んだ。暗い遊歩道に少年のすすり泣く声が響く。

「等々力の〝霊子キメラ〟に阿尾捨法、バラバラ殺人ゆう言葉、そしてアンタを思う葛城の行動。その全てが歯車やった。それらが組み合わさった仕掛け――」

御陵が懐に手を忍ばせる。

「それが、この祟りよ」

飯山が顔を覆う手を離し、一瞬だけ御陵を見据えた。

困惑と怯え、悲痛な叫び、止まることのない涙。それらを見てから、御陵は懐から取り出した式王子を捧げ持つ。

「これで祟りは〝取り分け〟たぜ。後は小平に憑いちゅう等々力の霊を祓えば――」

ふとカラスが鳴いた。


――オンマカヤシャバザラサトバジャクウンバンコクハラベイシャヤウン。


御陵が顔をしかめる。不吉な影。手にした式王子が震えた。どこかで人の焼けるような、嫌な臭いが鼻をついた。

「それじゃあ」

それまで鉄柵に身を預けていた小平が、何気ない様子で飯山の方へと近づいていく。

「飯山君はこれまで、何も知らないままに人を殺してしまったんだ。それは、とてもとても辛いことだ」

ゆったりと黒い影が這う。小平が車椅子の上で伏せる飯山に手を伸ばす。その瞬間、小平の顔を仰ぎ見た飯山が、その場で大きく身を引いた。

「来るな！　と、等々力！」

歯を剝いて少年が叫んだ。背後の音名井が優しく肩をゆする。

「大丈夫だ、それは君が見ている霊子の幻影なんだ」

「いや、待て音名井」

御陵が大きく一歩踏み込んだ。

「俺はもう術を解いちゅうぜ！」

跳ねるように次の一歩を踏んだ。振り返った小平が笑った。目を歪ませ、口が裂けるほどの笑み。

「そいつは――等々力じゃ！」

思わず伸ばした手が摑まれた。次の瞬間、天地がひっくり返り、御陵は遊歩道の上に投げられていた。反撃されるとは思ってもいなかった。受け身を取ることしかできない。その僅かな隙《すき》、音名井の呻き声と車椅子が倒れる音が続いた。

「等々力！」

　御陵が体を起こし、前方を睨みつける。倒れた車椅子の回転する車輪、姿勢を崩した音名井の背、そしてそれと対峙する二人分の影。小平が飯山の首に腕を回し、盾にするようにその体を引き上げていた。

「音名井、気をつけや。阿尾捨法じゃ。小平の体に残っちょった等々力の霊子が完全に憑依しちゅう」

　音名井が小さく頷き、スーツの内側に手を伸ばす。

「不思議な感じだなぁ。夢を見るのに似てるよ」

　小平が笑う。今まで見たこともない凄絶《せいぜつ》な笑顔。彼に抱えられた飯山は、力なくうなだれ、何も考えられないという様子だった。

「今まではただの夢だったけどさ。自分じゃ何もできない、勝手に動く体に、勝手に喋る声。でも今は明晰夢《めいせきむ》っていうのかな、自分で自由に体をコントロールできるんだ」

「彼を放すんだ。小平監督――いや、等々力か」

　音名井がスーツの内から拳銃を取り出し、迷いのない仕草で小平へと向ける。刑事として一度だけ警告を行う。その裏にどのような感情があろうとも。それを見た小平は、悲しそうな、それでいて嘲るような表情を浮かべ、胸元のポケットからボールペンを取り出した。

「俺もよく事情は解らないんだけど、この光景は知ってるなぁ。俺が逮捕された時もこんな状況だった。刑事が俺を追ってさ。どうにもならなくて、その辺にいたバアさんを捕まえて人質にしたよ」

小平がボールペンを器用に取り回して、その先端を飯山の瞳の前に突きつける。

「で、こんな風にしたよ。その時は捕まったけど、腹いせにバアさんの目は潰してやったな」

小平は、等々力は、心底愉快そうに笑った。古い友人と再会した時のような快活な笑みだった。

「笑うな等々力。僕は警告したぞ」

音名井は肩の筋肉を張り、拳銃を構え直す。それを見た御陵は咄嗟に音名井の横に立ち、その手に握られた拳銃を上から押さえた。

「放せ御陵。アイツは殺人鬼の怨霊だ。ここで取り逃がすわけにはいかない」

「やめろ音名井、飯山がおる！」

「彼に危害が及ぶ前に仕留める」

小平には余裕の笑み。ボールペンの先が狙いをつけるように、飯山の眼球の前を動いている。

音名井の指に力が込められた。

「音名井警部補！」

背後から曳月の悲鳴が聞こえた。

いつもと違う呼び名に、思わず音名井が身を固くした。御陵が振り返ると、そこには泣きそうになりながらも、なお怒気を増して睨みつける曳月の姿があった。

「音名井、やめろ。刑事の本分はなんじゃ」

御陵に言われてようやく、音名井は肩の力を抜いた。

「市民を、守ることだ」

音名井は拳銃を下げながらも、それでも気を緩めることなく、小平の動きを注視している。

「ささ、それじゃあ今度は拳銃をこっちに渡してくれよ。頼れるものがないと不安でね」

小平が不敵に笑う。受け入れがたい提案に逡巡《しゅんじゅん》する音名井に、御陵が横から目配せした。ようやく決心がついたのか、音名井は拳銃を地面に置くと小平の方へ向けて滑らせた。

「いや、助かった。ラッキー」

小平が数歩前に出て拳銃を拾うと、ボールペンから持ち替えて、今度は御陵達に狙いをつける。

「それと、そこの霊能者さんだ。俺はよく解らないんだけど、君が俺を呼んでくれたんだろう」

「違う。呪法をかけたモンは別におる」

「そうなの？　でもいいさ。一度は死んだ人間がこうして立っていられることへの感謝はするよ。神様、ありがとう、って」

目を細めて小平が笑う。父親が我が子にするように、小平は飯山を今一度抱き上げる。

「一応、この小平の記憶もあるからね。事情は解らないけどさ、誰が何をしたかは知ってるよ。いや、凄いね彼。飯山君。もう何人も殺してきたんだって？」

小平が腕を強く回して、伏せたままの飯山の顔を引き寄せた。

「俺を死刑台に送ってくれただけじゃなくて、死んだ後の俺を何度も殺したんだろう？　俺が殺した君の家族より多いんじゃない？」

それを聞いて、それまで恐怖で声も出せずにいた飯山が、途端に表情を崩して泣き喚《わめ》く。

「いやだ、なんで！」

「ったく、うるさいなぁ。事実だろう？　まぁいいさ、ここを切り抜けたら飯山君にも罪の清算して貰うよ」

そう言って、小平は拳銃を構えたまま悠々と後ずさっていく。

「逃げるのか、等々力！」

「当たり前でしょう、刑事さん。あ、動かないでくれよ。ま、とりあえず飯山君を殺したら、その辺を逃げ回るよ。逃亡生活は慣れてるんだ」

殺人鬼が、等々力作美が蘇る。体を手に入れ自由となり、またどこかで犯罪を重ねる。怨霊による犯罪。それを許すことは霊捜研の敗北だった。

「御陵……」

「慌《いられ》てるなや、機を待ちや」

飯山の泣き声と小平の哄笑《こうしょう》が重なったまま、それは次第に遠く離れていく。

「清太郎ちゃん、後を追わないと！」

「まぁ、曳月も待ちや。そろそろやろう」

御陵の不思議な物言いに、曳月が眉間にしわを寄せる。音名井の方は理解しているのか、小さく頷き返していた。

「いや、林《はやし》は凄いのう。霊子地理学ゆうがは勉強になるちや」

「ちょっと清太郎ちゃん、何を呑気な」

曳月の言葉を無視し、御陵は緩やかな調子で前方に手を伸ばした。指を組んで印を結ぶ。

「——咎《とが》本次第、打ちつめる。けんばいやそばか。魂魄みじんと打ちつめる」

短く静かな呟き。しかし、唱え終えた瞬間に空気の張り詰める感覚が起こる。線路上の架線に無数の火花が散った。

　直後、夜闇の奥から「ぎゃ！」と人間の叫び声が響いた。

「ほれ、追うぞ音名井」

「え？　え！　ちょっと、二人とも！」

　颯爽と走り出す御陵と音名井の後を追って、曳月もパタパタと駆けてくる。

「風水でな、どうしても人が足を向けれん凶方位ゆうがあるがやち、それを逆手《さかて》に取りゃあ、どこを通っていくか解るゆう道理よ」

「それって——あっ！」

　遊歩道を駆け抜けた先で、小平が泡を吹いて倒れていた。

　御陵が悠々と近づくと、その足元に転がっていた古釘を拾い上げる。見れば、辺り一面に釘がばら蒔《ま》かれていた。

「道断ち刀、足止めの法よ。小平には二度目、等々力相手は初めてやったが、こうも簡単に引っかかるとはのう」

「ええ？　清太郎ちゃん達、最初から罠《わな》を仕掛けてたの？」

「殺人鬼はともかく、怨霊相手に俺が遅れを取るかよ。こいつより厄介な怨霊はたくさんおったぜ」

　御陵が大きく笑った。それを見た音名井は溜め息を漏らし、腰元から手錠を取り出した。

「何にせよ、これで一件落着だ。小平監督、いや、等々力作美、逮捕する」

音名井が倒れたままの小平の体を引き寄せ、その腕を取って手錠をかけた。耳に残る金属音が事件の終わりを告げる。

「そういえば、飯山君は？」

曳月の声に、御陵と音名井が横を確かめる。線路側の植え込みに体を預けながら、飯山が真っ直ぐに小平を見つめていた。

その手に、拳銃を握りしめて。

「飯山！」

上手く息が吸えないのか、飯山が一度だけしゃくり上げる。

「アイツさえ、いなければ、僕は」

銃口が小平に向けられる。少年の震える指が引き金に絡む。

飛び込んだ御陵、悲鳴をあげる曳月、そして――音名井が両手を広げ、小平の身を庇った。

銃声。

音名井の胸に銃弾が届いた。

2.

「僕はな、御陵」

病室のベッドの上で、音名井が何度も病衣の襟元を直している。胸に巻かれた包帯が落ち着かないのか、小さく何度も呻きながら、それでも身だしなみを気にしているようだった。

「あの時ほど、捜査零課で良かったと思ったことはない」

「ほうやろうな。一課やったら死んじょったぜ」

御陵は引き寄せた椅子に座りながら、空になった薬莢《やっきょう》を掲げていじっている。大きな空洞に詰まっていた弾丸は既にない。

「しかし、こんなモンがあるとは知らなかったぜ」

9ミリ対霊ゴム弾。この非致死性銃弾と、それを射出する拳銃――ウクライナ製のフォルト12Rを使用できるのは、日本でも警察の捜査零課だけだ。

「とはいえ至近弾だ。肋骨《ろっこつ》にもひびが入って、正直、息をするのも苦しいがな」

「まぁ休んじょき。音名井警部補殿」

御陵の軽口に応じようとした音名井が、短く息を吐いて呻く。

「状況が状況とはいえ、殺人犯の霊に脅され銃を奪われた上に、少年に発砲を許した。警視庁での出世なんかに興味はないが、復帰した後にどれだけの仕事が待っているか、それだけが憂鬱だ」

気楽に笑っても良かったが、僅かに同情心も残っている。御陵は何も言わずに片眉《かたまゆ》を上げるだけに止《とど》めた。

「飯山君は、どうしている」

「警察病院に入ったぜ。ありゃ落ち着くまで保護観察じゃろう。その後は、ちゃんと罪を償うはずちゃ」

「そうか。最上ではないが、最善の結末かもしれない」

「音名井にしちゃあ、随分と殊勝《しゅしょう》な言い草じゃのう」

「他になんと言えばいいか解らないだけだ。飯山君は等々力の影に怯え続けた。もちろん正当防衛は成立しないだろうが、彼にとって殺したのは等々力一人だった。被害者もまた、等々力の意識を持っている時に殺された」

音名井が窓の方を見た。六月の雨は降りやまず、窓ガラスには雨滴の軌跡が幾条も描かれていた。

「僕は悩むよ。被害者の命が奪われたのは間違いないが、その罪はどこにあるのだろうか、と。殺された魂は等々力のもので、殺した飯山君も等々力を殺したとしか思っていない。けれど飯山君が四人もの人間を殺害したのは事実だ。その罪は贖《あがな》わなくてはいけない。全ては司法に任せるしかないだろうけどね」

「かくいう音名井、おんしも咄嗟に等々力を庇うたろう。いくら零課の銃じゃ死なんゆうても、殺人鬼の霊は殺してかまんちあれほど言いよったヤツがよ」

御陵の言葉に、音名井は驚いたような表情を作る。眼鏡越しの瞳には普段の険しさはない。

「それこそ罪の在《あ》り処《か》の問題だ」

「罪の在り処じゃあ?」

音名井が優しげに微笑んだ。

「今回の事件で僕も多く学んだ。もしも憑依された人物が、本人の意思とは関係なく殺人を犯したとして、僕はその罪をどこに定めるか悩んでいた。犯行時にその精神が別のものであろうとも、その罪を犯した肉体の持ち主を裁くべきなのではないかと」

今一度、音名井が病衣の襟を正した。

「御陵、お前の話を聞くまで、僕は小平氏が犯人だと思っていた。彼の精神が等々力の霊子に乗っ取られ、悪意を持って犯行を重ねているものだと思っていた。人の死を映画で撮ることを目的にした、殺人鬼の考えに飲み込まれた結果だと思った。しかし事実は異なる。彼は最後まで、映画を撮ろうという執念だけで行動していた。それは監督自身の情熱でもあった」

とつとつと語る音名井の横顔を御陵が見据える。誰かを、その魂の輝きを慈しむ表情。それこそが音名井高潔という男の、本当の顔であるように思えた。

「ならば本当に裁くべきは魂、霊子という存在だ。罪を犯した霊子こそ裁く。肉体の持ち主には罪はない。僕は捜査零課として、幽霊犯罪を取り扱う人間として、その決意を新たにした。それだけだ」

「よう言うぜ」

御陵が自然と右手を差し出していた。

「なんだ？」

「握手じゃ。お疲れさんゆう意味のな」

「お前こそ。等々力の霊は警視庁の方で祓うが、まだまだ仕事は残ってるぞ。せいぜい僕の代わりに頑張ってくれ」

差し出された音名井の手を御陵が握った。

「さて、ほいたら俺は行くぜ。それこそ、もう一件の大事な仕事よ」

病室を後にし、廊下に出た辺りで曳月が佇んでいた。

「あ、おっそーい！　お姉さん、ずっと待ってたんだぞぉ」

御陵は当然のように曳月の言葉を無視して、廊下を道なりに進んでいく。

「え、嘘でしょ⁉　無視は禁止だよ！」

億劫そうに歩く御陵の横に曳月が並ぶ。

「お前がついてきて言うたがやろう。やる気を削ぐなや」

「あははぁ、ごめんねぇ。でもでも、後は任せちゃって。必ず上手くやるから」

曳月は手にしていた分厚い資料の束を胸元に引き寄せる。一人で何度も頷きながら、その紙束の重さを確かめているようだった。

下駄が病院の床を小気味よく打っていく。くたびれたコートにボンタンズボンという出で立ちは悪目立ちするのか、廊下を行き来する看護師達から不思議そうな視線を向けられる。

ちらりと曳月の方を見た。

普段であれば病院だろうとお構いなしに、ロリータ服に身を包み、軽やかにフリルをひらひらさせていただろう。それが今は落ち着いたスーツ姿となっている。

御陵は自分の格好をおかしいと思ったことはない。それでも自分より目立っていた女性が、今だけは普通の格好をしているのが気に食わない。唇を曲げて、より強く次の一歩を踏み込んだ。

「キメラはね」

「あん?」

廊下を歩いていると、何気なく曳月から声がかかった。

「ギリシャ神話のキメラは、英雄ベレロフォンに殺された。だけれど、そのベレロフォンもやがて悲劇的な死を迎える」

「なんじゃ神話の講義か。俺はよう知らんちや」

「つまんない話かもね。でも私は今回の事件でベレロフォンの境遇を考えちゃう。怪物を倒したはずなのに、英雄自身も破滅的な運命に取り込まれる話」

怪物を殺し続けた英雄。御陵はその肖像を、あの少年に重ね合わせて見た。

「神話の中で、ベレロフォンはシシュフォス王の孫でもあった。シシュフォス王は死の神を騙《だま》したことで、何度も冥府《めいふ》から蘇った。けれど、その罰として、シシュフォス王は地獄の底で大きな岩を山の上に運ぶように命じられた。けれど何度岩を運ぼうとも、必ずあと少しのところで岩は転がり落ちて、また初めからやり直しになる」

「なんじゃ、まるで賽《さい》の河原《かわら》やか。けったいな罰じゃ」

「だよね。酷い話だよ。何度繰り返しても決して成功しない。その度に辛くなっていく。シシュフォス王もベレロフォンも、悲劇的な運命からは逃れられない。それが本当の罰だったとしたら」

「因果な話じゃ」

息を吐いて御陵が首を振った。

「さってと、お話は終わり。ここからは私の出番だよ」

いつの間にか目的地に着いていた。院長室の重厚な扉を前に、曳月が服装を直している。

「本当に一人で大丈夫ながか」

「いけるいける。この事件、私が決着つけなきゃ」

そう言って、曳月は大きく深呼吸する。

「曳月です、入ります」

ノックの後、躊躇《ためら》うことなく曳月が部屋へと入っていく。整えられた調度品、毛羽立つこともない敷物《しきもの》、賞状と書籍が並ぶ棚。その奥に、樫材《かしざい》の机で書き物をしている宇都宮法《ほう》水《すい》がいた。

「事件、終わったようだね」

「お藤様で。先生が等々力のことを教えてくれたので」

絨毯《じゅうたん》の上を曳月が渡っていく。黒いパンプスが絨毯に一直線の跡をつけていく。後に続いた御陵だったが、今は扉の付近で立って様子を見ることにした。

「それで？　ただの報告じゃないだろう」

「もちろん」

曳月は胸に抱えていた資料をどさどさと、無遠慮に宇都宮の机の上に積み上げた。

「これが〝霊子キメラ〟に関する資料です。これをまとめて発表するつもりですので、先生に先にご覧頂こうかと」

高らかに言い遂げた曳月に対し、宇都宮は落ち窪んだ目を僅かに見開く。眉が不機嫌そうに小さく動いた。

「こんなもの、別に私に見せる必要はないだろう」

「いいえ。こればかりは先生がちゃんと反論なさらないと。だって、私、これを発表するってことは、先生と決別するってことですもん」

二度、三度、宇都宮が興味深そうに眉を動かした。

それは曳月の決意だった。

これまでの司法に隠然と影響を及ぼしてきた宇都宮。彼の存在があったからこそ、死刑囚の《怨素《おんそ》》が他人に影響を与えないという根拠となってきた。

それが今、その弟子の手によって覆《くつがえ》されようとしている。

「先生、等々力の移植手術の記録を隠蔽したのは、先生ですね?」

「それがどうかしたかな。ドナーの情報をむやみに伝えないのは、ごく一般的なことだ」

「その結果として、多くの人が死にました。もしも先生が、もっと早くに事実を公表していたら、この悲劇は起こらなかった」

「それこそ胡乱な話だ。私は慣例に則《のっと》ってドナーの情報を警察に明かさなかっただけだ。私がしたことに責を負わせるな」

ばん、と曳月が積み上げられた資料を叩いた。

「そうだと思います。皆そう。映画を撮らなければ良かった、呪術を使わなければ良かった、恋人の犯行を隠さなければ良かった。そして貴方は早々に情報を開示すれば良かった。皆が皆、少しずつの不運が積み重なって、その結果として四人の人間が死んで、一人の少年が殺人者になった」

「その不運の積み重ねを、君らは祟りと呼ぶんだろう」

曳月が言葉に詰まり、苦しげに喉を鳴らした。

「それで君は、この〝霊子キメラ〟のデータを使って何をしたいんだ。まさか死刑囚の臓器移植に反対するつもりなのかな」

「それは——そうです。今回の例で、死刑囚の臓器移植に危険が伴うことが解りました。先生の立場は承知してますけど、これは霊捜研としては見過ごせない」

「だが、彼らは善意から臓器の提供を願い出た」

宇都宮の目が澱む。全てを飲み込む奈落《ならく》のように、深く暗い視線が曳月を捉えた。

「どんな犯罪者であれ、死後に他人の命を救おうとした。その思いを無下《むげ》にできるかな。等々力作美の時もそうだ。今回の事件は、等々力の臓器を移植しなければ起こらなかった

ていたかもしれない」

かもしれないが、その等々力の臓器がなければ、彼らは移植手術も受けられずに亡くなっていたかもしれない」

「それは、そうですけど」

「死刑囚の臓器移植は認められた権利だ。公にはされていないが、既に何人もの人間が、凶悪犯罪者の臓器によって命を永らえている。君がこれを公表するということは、そうした無数の人々を不安に追いやることだ。自分の移植された臓器は死刑囚のものなのかもしれない、自分に流れる血は犯罪者の穢《けが》れた血なのかもしれない、とね」

曳月が宇都宮からは見えない角度で拳を強く握り込んでいた。蛇を前にした蛙《かえる》のように、弱々しくその身を固くしている。

「犯罪者だからといって、その血を穢れたものと見るのは、正しいことだろうか?」

「それは――」

「おう、ちくと待ちや」

思わず御陵が割って入った。長く息を吐き、下駄のままに絨毯の上を歩み寄る。鮮やかな絨毯の文様が、粗暴な乱入者によって掻き乱されていく。

「悪いな曳月、最後まで任せようと思うとったが、このオッサン、穢れだなんじゃと、俺らが領分に踏み込んできよったきに、口を挟まずにはおれんかったちや」

「清太郎ちゃん」

曳月が今にも泣きそうな顔で御陵を見つめ返していた。対する宇都宮は厄介そうに顔をしかめる。

「君は霊捜研の陰陽師だったか」

「ああ、御陵清太郎じゃ。よう覚えとけ」

「あわわ、清太郎ちゃん！」

景気良く啖呵《たんか》を切った御陵を押し留めるように、曳月が横からその肩に手を置いた。

「先生さんよ、俺は医学のことは何も知らんき、そこは全部譲る。言うことも全部聞く。けんど、穢れだの霊だのは俺の本領よ。そこでアンタの言うたことが気に食わんきに、口出しさせて貰うぜ」

「犯罪者だからといって穢れたものと見るのは、実に旧時代的な価値観だと思うけどね」

「犯罪者やき穢れちゅうとは言わん。臓器移植も命が助かるならええ」

「なら今更何を」

「アンタらの業界には、プロがおらんゆうことじゃ」

御陵の言葉に虚を突かれたのか、宇都宮は「ああ？」と疑問の声を漏らした。

「医学のことはよう知らんが、漢方やら鍼灸《しんきゅう》やら、わけも解らんゆうて昔は軽んじられちょったろう。それが今は世界で受け入れられちゅう」

「それは、一定の有用性を認められたからだ」

「なら、それと同じじゃ。穢れはない、霊障はないと、言うのは簡単じゃ。けんど、それを患者が不安に思うたらアンタらはどうする？　そんなモンはあり得ん言うて切り捨てるか？」

いつの間にか、場の空気が御陵に呑まれている。それを感じ取った宇都宮が、あからさまに不機嫌な顔を作る。今までの超然とした態度は既にない。

「患者のことを考えるなら、病院で霊能者の一人でも雇うがええ。死刑囚の臓器を移植されて不安に思うがやったら、その霊能者に祓わせればええがよ」

宇都宮の反論が止まった。目を瞑り、手を組んで親指を擦り合わせ——これまで見せることもなかった癖なのだろう——深く思案しているようだった。

「そ——」

「あ？」

横から曳月の声が漏れた。

「そういうこと！　私が言いたかったのは、ずばり、そういうことです！」

「ああ⁉　なに乗っかっりゆう！」

「うるさい！　ホントだもん！」

ギャアギャアと喚きながら、曳月が一方的に抗議してくる。御陵は呆れ顔のまま口を横一文字に結んでいる。

やがて思いがけない方向から快活な笑い声が聞こえた。

「そうか、そうか！」

声に反応してみれば、これまで死人のように押し黙っていた宇都宮が、不気味なほどに愉快そうな笑みを作っていた。

「まさかここに来て、霊能者から医学の限界を諭《さと》されようとは」

「せ、先生？」

ひとしきり笑った後、宇都宮は氷の剝落《はくらく》するように唐突に表情を戻した。それでもなお変わらぬ眼光のまま、目の前に置かれた資料の山をまとめて、自身の机にしまっていった。

「不肖の弟子の貴重な意見だ。きちんと受け取っておこう」

「それじゃあ、先生」

「しかし、これを受け取ったことで君と私は決別した。私は霊子に対しての知見や、その態度を改めるつもりはない。だが今後は、君の仕事に口出しもしないだろう」

宇都宮の声の重たい響きに、それまでどこか浮かれていた曳月が姿勢を正した。

「壮健で」

「お世話に、なりました」

曳月が深く、その頭を下げた。

ぽつぽつと雨が降っている。紫陽花《あじさい》の咲く病院横の道を御陵と曳月が歩いている。この程度の雨ならば濡れても構わない、御陵はそう言ったが、曳月はそれを頑《かたく》なに認めず、無理矢理に自身の傘——フリル付き——を押し付けてきた。

「勝利勝利、柩《ひつぎ》ちゃん大勝利～！」

空模様とは正反対の晴れやかな笑顔で、曳月が手を大きく振って歩いている。

「一人で決着つけるゆうたがやろう。人の言葉に乗ってきちょいて、偉そうな顔すなや」

「もう、固いこと言わないでよ。いいでしょ、あの宇都宮先生に一泡吹かせてやったんだから。勝てば官軍、負ければ寝返りが私の信条だよ」

「その信条は早う捨てろや」

とうに諦めてはいたが、今またこの上司の奔放さを味わい、改めて御陵は脱力していた。

「でもね、あながち冗談でもないよ」

「ああん？」

「あの時、私がまた昔みたいに宇都宮先生に言い負かされそうになった時、清太郎ちゃんが助け舟出してくれて、本当に嬉しかった。きっと私一人じゃまだ先生には勝てない。だけど、助けてくれる人がいる。それが嬉しかった」

「まぁ、俺も世話になったしな」

「そうだぞぉ、清太郎ちゃんの恩返しはまだまだ始まったばかりだ！」

御陵が持っていた傘を傾け、曳月だけに雨が当たるようにした。暴挙に気づいた曳月が「ひゃあ！」と情けない声を漏らす。

「もう、でも本心なんだからね」

雨に濡れた頬をハンカチで拭いながら、曳月が気安い笑みを向けてくる。

「私は仲間に恵まれてるな、って。もう一人で立ち向かわなくていい。それに気づけたから、私は先生を乗り越えることができた。だから今回は私の勝ちなんだよ」

「気味悪いこと言いようよ」

「本当だってば。本当に、清太郎ちゃんが霊捜研に来てくれて、良かったよ」

舌打ちが一つ。

しかしそれには、どこか恥ずかしさを紛らわせるような、優しさが隠されてもいる。

「事件のこと、秋子ちゃんに報告しなきゃね」

何気ない一言だったが、そこに込められた悲しみに気づかないはずはない。御陵は顔を伏せつつ、小さく「そうじゃな」とだけ返した。

「あの子はね、きっと私とよく似てるんだと思う」

「サバを読むな」

「そういう意味じゃないってば！　立場とか、そういうの！」

抗議のつもりか、隣を歩く曳月が御陵のコートを強く引っ張った。

「私は秋子ちゃんのしたことの意味が解る。気持ちを理解できちゃう。だって、もし私の弟が自殺せずに、いじめてきた相手を殺しちゃったりしたら、私はその罪をかぶると思う。その手段があれば、犯行そのものを隠蔽しようとするかもしれない」

「そりゃ弟や恋人じゃきに、相手を守ろうと思うがは道理よ」

「だよね。彼女のしたことは悪いことだったけど、その気持ち自体は、誰よりも飯山君を大切に思った結果だった。それ自体が、亡くした弟さんへの贖《あがな》いだったのかもしれない」

傘を打つ雨音が、いくらか物憂《ものう》げなものに聞こえた。

「この事件は悲しいことばかり。誰も彼も、悪いことはしなかった。ただ誰もが、とうの昔に死んだ誰かの思いに引きずられてた」

等々力の霊に怯えた飯山、死んだ弟を守るように飯山の罪を隠した葛城、亡き妻のために映画を撮った小平。既にこの世にいない誰かのために、彼らは過ちを犯してしまった。

「俺の祖母《ばあ》さんがよう言いよった。人が一人死ねば、三人の人生が変わる、ってな。どういて三人なんかは知らんが、とにかく一人分以上の人間の人生が変わる」

御陵は死んでいった者達のため、心の中で祈りを捧げた。それが自分にできる精一杯の供養《くよう》だった。

「人生が変わった挙げ句、どうにもならん運命みたいなモンに足を掬《すく》われる。俺はそれを憎みもせんし、悲しむこともようせん。けんど、それに足を取られた人間を救いたいとは思うとる」

「清太郎ちゃん」

「霊捜研で、俺はその仕事をさせて貰うぜ」

御陵が歯を見せて笑う。下からそれを見つめ返す曳月もまた、大きく口の端を上げて笑みを送った。

「あっ！」

その途端に、曳月から素っ頓狂な声が漏れた。

「うわぁ、忘れてた」

「何じゃや、忘れモンか」

「違う違う。ほら、小平監督の映画、私が主演のやつ。あれってどうなるのかな？」

「はぁ？　どうもならんじゃろう。小平は勾留《こうりゅう》中じゃや。映画らあよう作らんわ」

「マジかー。ショックなんですけどぉ、ハリウッド進出計画が遠のいたんですけど……」

「そんな機会、永遠にないき安心せぇ」

曳月が手を上げて抗議してくる。雨に濡れるのもお構いなし。聞き流すつもりで御陵が顔を逸らした。

ふと感じた足の痛み。あの時に歩道橋から飛び降りた痛みが蘇る。それとともに映画の撮影時の情景が思い浮かんだ。

「ほうじゃ曳月、キュウちゃん言うのはなんじゃ」

「え？」

唐突に思い出した言葉。今まで聞く機会を逃していたが、ようやくそれを確かめることができた。

「それ、どこで聞いたの？」

「あの時よ、曳月が踏切に飛び込んだ後、そこで幽霊を見たちや。その霊がそんな言葉を呟いちゅう」

ふと曳月の足が止まった。御陵は彼女が濡れないよう、自身も足を止めて傘を差し向ける。曳月は下を向いたまま、その場に立ち止まっている。

「他に、何か言ってた？」

「いいや、他には聞いちゃあせん」

「じゃ、さ。それ聞いた時、嫌な感じした？」

「そりゃあ――」

御陵は思い出す。あの時、電車の向こう側に立っていた霊の姿。全ては見えなかった。それでも一瞬、その顔を見た気がした。

その表情は――

「悪いモンやない。心配しとるようで、申し訳なさそうで、それで、何よりも優しそうな顔やった」

「そっか」

曳月が小さな肩を震わせていた。何かを堪えるように何度も喉を詰まらせた。そして一度だけ、盛大に鼻をすすった。

「そっか！」

そう言うやいなや、曳月は御陵の持っていた傘を奪い取り、そのまま閉じた。

「ほらほら、晴れてきたよ、清太郎ちゃん。傘いらないね！」

「どこがじゃ。まだ雨は降りゆう」

「そうかなぁ？　じゃあ濡れちゃうかもね」

そう言って笑う曳月の頬を小さな雫《しずく》が伝って落ちた。光を反射した水の粒の中で、鮮やかな紫陽花の色が映える。

「ささ、清太郎ちゃん。霊捜研に帰ろ！」

雲間から僅かに覗いた太陽。傘を振り回しながら愉快そうに笑う曳月。そんな彼女の軽やかな足取りを、御陵は困り顔のまま追っていく。

エピローグ

御陵《みささぎ》が三鷹台を訪れたのは、単なる偶然だったはずだ。

朝早く、中野の霊捜研に向かっている途中、その日が曳月柾《ひきつきまさき》の月命日だということに思い至った。そうなっては遅刻も覚悟の上、中央線を吉祥寺《きちじょうじ》駅まで乗り過ごすことにした。

三鷹台の駅舎を出た時、穏《おだ》やかな午前の日差しが目をついた。ふと見たスマートフォンの着信履歴には、霊捜研の仲間達の名前がそれぞれ残っている。連絡するのが億劫だったわけではないが、これまで真面目に勤めてきたつもりだ、今日ばかりは不良行為にも目を瞑って貰いたい。

あの日、自分一人では手に負えなかったであろう祟りと対峙した場。薄暗い遊歩道を横目に、そうするのが当然であるように歩道橋を上っていく。

見れば、その橋の中央に花束が捧げられていた。

薄紫色の花が風に揺れる。御陵は、その色のリボンを好んでつける女性のことを思った。

通り過ぎる電車の音。架線に散った閃光。歩道橋の上から眺めれば、そこかしこで人々が行き交い、それぞれの人生を交差させていくのが見えた。

煙草を取り出そうと懐に手を入れたが、都会の厳しさを思い出し、逡巡した末に手を引いた。

「いつまで見ゆう」

御陵が振り返ることもなく声をかけた。

「失礼でした？」

「別に、かまんぜ」

歩道橋の上を一人の男が歩いてくる。白いスーツにローマンカラー。風に乗って届く白檀《びゃくだん》の香り。少年のように無垢な笑顔を貼り付けて、老人のような得体の知れなさを身にまとう。

「教誨師の堀十聖《ほりじゅうせい》です。はじめまして」

「話すのは初めてじゃや。前にここで、一瞬だけすれ違うたが」

ここでようやく、御陵が男――堀十聖の方を向いた。

風になびく前髪、切れ長の目、透き通るように白い肌。物語に登場する貴公子のように、指先の伸ばし方にも気品を込める男。多く見積もっても二十代。人によっては十代の少年にも見えるだろう。

「御陵清太郎《せいたろう》さん、ですね」

「そうよ」

「覚然坊阿闍梨《かくねんぼうあじゃり》は、お元気ですか？」

堀からの言葉に、思わず御陵が鼻白んだ。

「あのジジイを死人扱いせん人間、東京に来て初めて会うたぜ」

「まさか。あの覚然坊阿闍梨ですよ。僕のような人間でもよく知ってます」

堀が微笑む。能面のように底の知れない笑みだった。

「小平《こだいら》に阿尾捨法を伝えたがは、アンタやろう」

「さぁ。何分、昔のことなので」

そう言って、堀は御陵の横に並んで、歩道橋の防護柵越しに街並みを見下ろした。

「あの時、俺の〝取り分け〟が最中に呪術をかけたのも、アンタやろう。それだけやない。曳月にも、小平のパーティ会場で葛城《かつらぎ》にも、アンタは呪術をかけた」

「どうだったかなぁ」

ニコニコと、堀は微笑みを絶やすこともなく、ただ御陵の言葉に聞き入っている。

「アンタが外法らあ伝えんかったら、あの事件は起こらんかった」

「それは当然です。人間は何もしなければ、何も起こらない」

ただ、と堀が何かに気づいたように指を立てた。

「もしも、葛城秋子《あきこ》さんが等々力《とどろき》の霊を見なかったら、貴方達は事実に辿り着くのが少し遅れていたかもしれない。一日遅れれば、その時はもう一人、誰かが死んでしまっていたはずだ」

「身勝手なことを言いなや」

「そんな、心外です。僕は僕のできる範囲で、霊捜研の捜査に協力したつもりだったんですよ。一人で成し遂げるだけの能力が、僕にはなかったのですから」

堀の詭弁《きべん》、それを聞いた御陵が不機嫌そうに顔を歪めた。

「人生は上手くいかないことばかりだ。どれか一つでも欠けていれば、起こるはずもなかっただろう悲劇が、至るところで起き続けてしまっている。とてもじゃないが救いきれない。そんなものを、貴方達は祟り事案《インシデント》と呼んで、どうにかしようとしている」

「祟りは俺の敵よ。それに与《くみ》する人間がおるがやったら、そいつも止める。それが俺の仕事よ」

「大変、立派な職務だ」

堀は御陵に向き直ると、深く一礼し、優雅な態度で踵を返した。

「あ、そうだ。ちなみにですけど」

歩道橋の階段に足をかけたところで、堀が一度だけ振り返って御陵の方を見た。

「等々力作美《さくみ》、僕は教誨師として、生前の彼と会ったことがあるんですよ。彼が処刑される前、最後の懺悔《ざんげ》も聞きました」

思いがけない言葉に、御陵が眉を大きく吊り上げた。

「アンタ、一体歳はいくつじゃ」

「それはそれ、企業秘密ですので」

堀は作り物めいた笑顔を残して、それ以上は何も言わずに歩道橋を下っていく。残された御陵は、コートの内で震える呪具の重さを感じ取っていた。

やがて下駄の音が響く。

風に乗って、薄紫色の花弁が散った。

この作品は書き下ろしです。

〈**参考文献**〉

・『いざなぎ流　式王子　呪術探究』斎藤英喜　新紀元社　2000年
・『いざなぎ流　祭文と儀礼』斎藤英喜　法藏館　2002年
・『いざなぎ流御祈禱　第二集』髙木啓夫　物部村教育委員会　1980年
・『いざなぎ流御祈禱　第三集』髙木啓夫　物部村教育委員会　1986年
・『いざなぎ流御祈禱の研究』髙木啓夫　高知県文化財団　1996年
・『憑霊信仰論』小松和彦　講談社学術文庫　1994年
・「『いざなぎの祭文』と『山の神の祭文』いざなぎ流祭文の背景と考察」小松和彦（五来重編『修験道の美術・芸能・文学Ⅱ』名著出版　1981年）
・『物部の民俗といざなぎ流』松尾恒一　吉川弘文館　2011年
・『山東京傳全集　第15巻』山東京傳全集編集委員会　ぺりかん社　1994年

〈著者紹介〉

柴田勝家（しばた・かついえ）

1987年東京都生まれ。成城大学大学院文学研究科日本常民文化専攻修了。戦国武将の柴田勝家を敬愛する。2014年、『ニルヤの島』が第2回ハヤカワSFコンテストで大賞を受賞し、デビュー。SFとミステリとホラーの面白さが融合した前作『ゴーストケース　心霊科学捜査官』は高評価を受ける。多彩な才気で魅了する、期待の大器。

デッドマンズショウ

心霊科学捜査官《しんれいかがくそうさかん》

2017年7月19日　第1刷発行　　定価はカバーに表示してあります

著者……………………………柴田勝家《しばたかついえ》

発行者……………………………鈴木　哲

発行所……………………………株式会社 講談社

〒112-8001 東京都文京区音羽2-12-21

編集03-5395-3506

販売03-5395-5817

業務03-5395-3615

本文データ制作……………講談社デジタル製作

印刷……………………………豊国印刷株式会社

製本……………………………株式会社国宝社

カバー印刷…………………慶昌堂印刷株式会社

装丁フォーマット…………ムシカゴグラフィクス

本文フォーマット…………next door design

ISBN978-4-06-294078-8　N.D.C.913　287p　15cm